ママ、死にたいなら死んでもいいよ

娘のひと言から
私の新しい人生が始まった

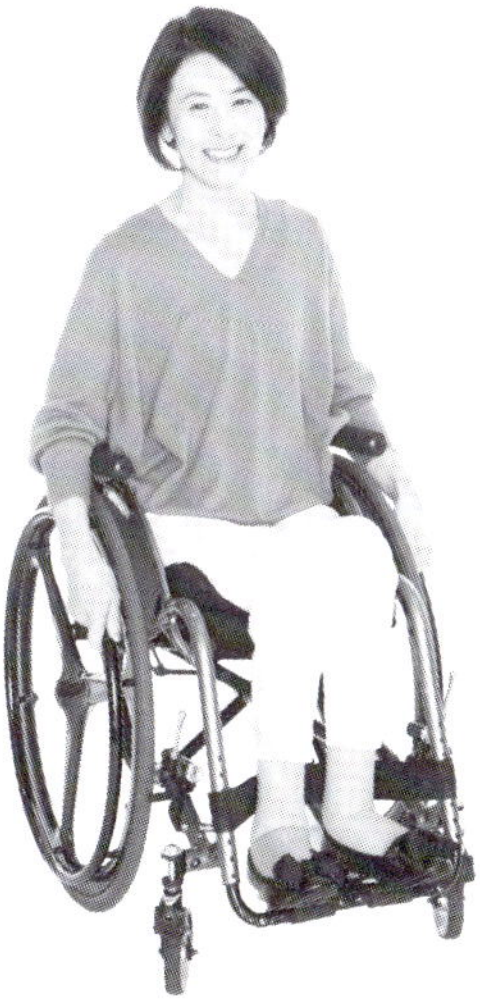

岸田ひろ実

致知出版社

「ママ、死にたいなら死んでもいいよ」

岸田ひろ実

プロローグ

「死にたいなら、死んでもいいよ」


ざわざわと騒がしい神戸のカフェ。

正面に座る娘が放った一言に、私は言葉を失いました。

二〇〇八年、初夏のことでした。


その日、私は絶望の淵《ふち》にいました。

急性の大動脈解離《かいり》という心臓の病気によって胸から下が麻痺し、数ヶ月にわたり入院を続けていたのです。

歩くことはもちろん、当時は寝返りを打つことも、ベッドから起き上がることもできませんでした。

来る日も来る日も、天井を見つめながら涙を流しました。

入院百八十日目にしてようやく外出許可がおり、私は喜びに心を躍らせていたのです。

しかし、待っていたのは厳しい現実でした。

自分の足で歩いていた頃は、神戸三宮駅で降り、改札から街へと出るまで一分もかかりませんでした。

でもそこには、車いすで越えられない階段があったのです。

お手洗いに行きたくても、車いすで入れる個室はなかなか見つかりません。

十七歳の娘に車いすを押してもらい、散々迷って辿り着いたお店の中は狭く、席に着くことすらできませんでした。

どれもこれも、歩いていた頃には気にも留めなかったことばかりです。

「すみません、ごめんなさい、通らせてください」

気がつけば私は一日中、謝ってばかりいました。

やっと入れるレストランを見つけた時、私は疲れ切っていました。

車いすでの外出が、こんなに苦しいとは思わなかったのです。


「なんで私は生きてるんだろう。死んだ方がマシだった……」


思わず、口にしてしまいました。

終わらない入院生活、つらいリハビリ、楽しめない外出。

世界中の誰からも必要とされていないような気分。

限界だったのだと思います。


すぐに「しまった、なんてことを言ってしまったんだろう」と後悔しました。

私は娘の顔を見ることができませんでした。

私はてっきり「死なないで」「なんでそんなこと言うの」と娘は泣いて言うだろうと思っていました。

娘は私の一番の理解者です。

病気で倒れる前もしょっちゅう二人でショッピングや映画に出かけていましたし、親子でありながら友達のように仲がよかったのです。

そんな娘から返ってきたのは思いもかけず、肯定の言葉でした。


「死にたいなら、死んでもいいよ」


皆さんの中には、ビックリしてしまう人もいるでしょう。

親に向かってひどい娘だ、と怒る人もいるかもしれません。

しかし娘の言葉は、それまで受け取ってきたどんな言葉よりも、私を救いました。

自分の足で歩けず絶望していた私は、再び前に進もうと決めました。

「死んでもいいよ」から、私の新しい人生が始まったのです。

■本書における「障害者」の表記について

株式会社ミライロでは「障害者」と表記しています。

「障がい者」と表記すると、視覚障害者が利用する一部のスクリーンリーダー（コンピュータの画面読み上げソフトウェア）では「さわりがいしゃ」と読み上げられてしまう場合があるからです。

「障害」は人ではなく、環境にあると私は考えています。

漢字の表記のみにとらわれず、社会における様々な「障害」を一つでも多く解消することを目指します。

「ママ、死にたいなら死んでもいいよ」

目次

第Ⅱ部

第八章 巡り巡って、ミャンマー……147

終　章　いつか美しくなる、今へ…………169

装　　幀――――川上成夫
カバー写真――――宅間國博
本文デザイン――――奈良有望

第Ⅰ部

第一章

人と違うことが怖い

よい子の居場所

昭和四十三年九月、私は大阪府大阪市の谷町というところで生まれました。

お寺や神社があちこちにあり、繁華街のすぐそばにありながら長屋ふうの民家が立ち並ぶといった、どこか懐かしい街並みです。

当時、私の家は印刷業の小さな町工場を営んでいました。

父親と母親に加え、父方の祖父母が同居する五人家族でした。

家から歩いてすぐのところに松屋町という大阪最大の玩具問屋街があり、何かにつけては父親が玩具を買ってくれました。

あまりに私が欲しいものを何でも買ってくれるので、中学生になるまで自分の家はお金持ちなんだと錯覚していたくらいです。

もちろん実際はそんなことはなく、ただ愛情表現に見境がなかっただけなのですが、とても可愛がってくれたことを覚えています。

しかし、家庭ではいろいろと問題もありました。

私の父親はアルコール依存症で、朝からお酒を飲んでは嫌なことを言うのも日常茶《さ》飯事《はんじ》でした。おまけにギャンブルが好きで、土日は競馬に没頭していたのです。

うつ病だった祖母は、いつも部屋の隅っこで「つらい、しんどい、死にたい」と、聞いているこちらの気が滅入ってしまうような独り言を呟いていました。

祖父は対照的に優しく穏やかな人でしたが、病気がちでした。

そんな三人の身の回りの世話をしながら、町工場の女将さんとして忙しく働いていたのが、私の母親でした。

「おかあさん、忙しくてかわいそう。私が早く楽にしてあげないと」

私はいつも考えていました。

まだ働くことができない子どもの私にとって、母親を楽にしてあげることは「できるだけよい子でいる」とイコールでした。

私は大人の顔色を窺《うかが》い、態度と行動を変えるのが得意な子どもになりました。

気性の激しい祖母や父親の機嫌を損ねないよう、常にニコニコしていました。家庭の空気が悪くなったら、あの手この手で修復に努めました。

家庭内にとどまらず近所からも、お利口な子どもだとちやほやされていました。

「ひろ実はよい子だね。自慢の娘だよ」

母が喜んでくれるのが嬉しい。もっと喜ばせたい。

その一心で身につけた処世術でした。


よい子に拍車をかけるように、中学生に上がる頃にはひと通りの家事を年齢不相応にこなせるようになっていました。

私に家事を教え込んでくれたのは祖母でした。

大正生まれの祖母は、女性とは夫の留守を守る存在であり、掃除や料理は完璧にこなしてこそという考え方の持ち主でした。私は水回りの掃除から出し汁の取り方まで、寸分の隙もない厳しい指導を受けました。

今となってはありがたい経験だなとも思うのですが、当時は必死でした。祖母を怒らせてはいけない、母をがっかりさせてはいけないと怯えていたからです。

高校生になると、練習が厳しいことで有名なバレー部に身を投じました。

当時のチームメイトとの間では、今でも「あの鬼のような練習を乗り越えたんだから何でもできる」が合言葉です。

この練習に耐え、何事も頑張り抜くという癖がついたのも、広い意味で捉えれば両親のためだったのだと、今となっては思います。


私は、周囲の大人から見れば確かによい子だったと思います。

でも内心は失敗したり、他人と違ったりすることがとても怖かったのです。

何をするにも、人目を気にしていました。

友だちと遊んでいて帰りが遅くなってしまった時は、家に到着する五十メートル以上手前で靴を脱ぎ、裸足《はだし》で歩いたくらいです。ヒールのある靴はコツコツと音が鳴ります。近所に聞こえてしまえば、体裁が悪くなるからです。

大人になってから知って拍子抜けしてしまったのですが、母は私が思うほど苦労をしていたわけではなかったそうです。

母は父に感謝こそすれ、恨みなど少しも抱えていませんでした。

「ギャンブル好きなのは大変だったけど、勝った時はいつも家族にお寿司の出前を取ってくれる、優しいところもあったんだよ」

能天気に笑いながら言う母を見て、私は肩の力がガクンと抜ける思いでした。勘違いして空回っていたのは私だけだったのです。

でもそんな母だからこそ、あの家でも心身を壊さずやっていけたのだろうと納得しました。

とにもかくにも、私は「よい子ではない＝他人と違う」ことを恐れる子どもでした。幼少期に培われたこの思い込みのおかげで、この後の私は心底苦労することになるのです。

幸せばかりの毎日

主人・岸田浩二と出会ったのは、短期大学を卒業後、大手系列の不動産会社で働き始めた時でした。

私より三つ年上でしたが同期入社である主人は、数日間にわたって実施された新入社員研修でも毎回チームリーダーを務め、目立つ存在でした。

出身も学歴もバラバラな他の社員の先頭に立ってまとめ、交流会やイベントも率先して企画していました。

みんなが言いづらいことも、正しいことであればズバズバと言っていました。

でも非情というわけではなく、周囲に馴染めない社員がいれば声をかけ、丸一日かけて相談に付き合っていた人情味に溢れる人でした。

聞けば小学生から高校生までの九年間、野球チームのレギュラーとして活躍し、キャプテンだったそうです。

強い意志と自信を持って、自分の意見を言える強さと優しさがある人。

当時の私とは正反対の存在の主人に、いつの間にか尊敬以上の気持ちを持っていました。

最初は主人を含む同期たちとグループで食事へ行き、そのうちに二人で会うことが増え、恋人として付き合うようになりました。

ある日、主人が自分の生い立ちについて話してくれました。

主人には兄が一人いるのですが、その兄はいわゆる優等生でした。

「俺、何をやっても兄貴には勝てなかったんだ。一所懸命練習して野球で活躍しても、両親は兄貴ばっかり構うから、もう嫌になってさ」

そうぼやく主人は、日に日にコンプレックスを募らせていたそうです。

主人にとっての夢はありきたりですが、円満な家庭を築くことでした。

そんなフィルターを通して見た時、周囲の同期に比べると、落ち着いていて家事もそつなくこなす私が目に留まったそうです。

ネガティブな理由から鍛えていた私の女子力が、ここで功を奏しました。


主人からプロポーズを受け、会社は一年半で寿退社することになりました。

その一年後、長女・奈美が生まれました。生まれた瞬間、笑ってしまうくらい主人と似ている女の子でした。

二十三歳で出産したので、周囲の友人たちの間では私が一番早くママとなりました。

もちろんそれ故に大変なこともありましたが、そんな苦労は何もかもすぐに吹っ飛ぶくらい、幸せな毎日でした。

起業した主人が守りたかったもの

結婚して四年目の冬、阪神大震災が起こりました。

当時、新居は兵庫県神戸市の中でも震源地から遠い北にあったため、幸いにも命に別状はありませんでしたが、西宮市にあった主人の実家は倒壊してしまいました。

主人は交通機関が麻痺している中、何時間もかけて義父と義母を迎えに行きました。

ところが義父は三日もしないうちに、西宮市に帰ると言い出したのです。

「みんな、家が壊れて困っている。わしはこんなところにいる場合じゃない」

そう言う六十歳の義父の仕事は、大工でした。

危ないからと止めても、義父は工具を持って出ていってしまいました。まだ瓦礫《がれき》だらけの西宮市に帰り、義父は倒壊した家々の解体作業に全力を尽くしたそうです。

主人はというと、会社から自宅待機を命じられていました。

大工と不動産会社。同じ住宅を扱う仕事なのに、困っている人々を前にして何もできないもどかしさ。

そんな主人の目に、義父がどう映ったのかはわかりません。

次の日から主人は義父の作業を手伝うようになりました。働きすぎで腱鞘炎《けんしょうえん》になっても、工具を握り続けていました。


しばらくして瓦礫も片付いた頃、主人が夕飯の席で言いました。

「俺、会社を辞めて起業しようと思う」

「えっ……起業？」

驚いたものの、心のどこかで私はやっぱりなとも思いました。

自分の直感を信じて、新しいことにどんどん挑戦する主人が、保守的な大企業系列の会社で浮き始めていることにはなんとなく気づいていました。

でも起業となると話は別です。

実家の町工場経営の過酷さを間近で見ていた私だったので、最初は戸惑いと迷いを抱えながら、主人に悟られないように尋ねました。

「起業って、どんな仕事をするの？」

「建築の会社だよ。震災で家が壊れてしまった人も、今までみたいに笑って新生活を送れる家を造りたいんだ」

心底、主人らしい理由だと思いました。

どんなに無茶でも無謀でも、一度言い出したら聞かない性格であることはわかっていました。この性格が娘にも見事に遺伝していることを、私は数年後に知るのです。

「わかった。私は経営のことはわからないけど、家のことは任せて」

尋常じゃない忙しさが待っていることは、目に見えていました。

この時、私が意固地でも反対していれば、主人はあんな運命を辿ることはなかったのかもしれません。

本当は今でも迷うことがあります。

それでも私は、スーツから一転して泥だらけの作業着に身を包み、楽しそうに仕事に打ち込む主人の背中を見守れたことを、心から誇りに思うのです。

第二章

ダウン症の良太が教えてくれたこと

おめでとうが聞こえない出産

長女・奈美が生まれてから四年後、平成七年十一月五日。

長男・良太が誕生しました。

良太が生まれる二ヶ月前から、私は切迫流産のため寝たきりの生活でした。できるだけ動かなくて済むように、母と義母が交互に我が家に来て家事をしてくれました。

自分では何もできないもどかしさに耐える日々でしたから、出産予定日を指折り数え、心待ちにしていました。


分娩室で、良太が生まれた時。

元気いっぱいの泣き声が耳に飛び込んできて、私は救われたような心地でした。

でもすぐに、様子がおかしいことに気がついたのです。

奈美を出産した時は助産師さんたちが「おめでとう、よく頑張ったね」と声をかけてくれました。それが通常の反応だと思います。

しかし、今回は沈黙が続くのです。

分娩室には良太の泣き声だけが響き渡っていました。

私の戸惑いを察したように、しばらくしてから一人の助産師さんが「男の子ですよ」と言ってくれました。

たったそれだけで、また沈黙に戻ってしまいました。

私は、出産に立ち会った誰からも「おめでとう」と言われませんでした。

あとで主人から教えてもらったことですが、良太が生まれるやいなや、先生や助産師さんたちがせわしなく分娩室と廊下を行き来していたそうです。主人もただごとではないと気づいたようでした。

先生からは「無事に生まれましたよ」と説明があったので、主人は胸騒ぎを感じながらも、出産で疲れきった私を心配させないように黙っていたと打ち明けました。

良太は何事もなかったかのように新生児室へ入りました。

日に五回ほど、授乳のために病室で良太を抱くことができました。その時だけは不安も薄らぎましたが、一人になると、また行き場のない違和感が肥大化しました。

出産から二日後。

とうとう我慢できなくなった私は、看護師さんを捕まえて声をかけました。

「あのう、良太は本当に健康なんでしょうか？」

「はい。とっても元気ですよ」

一呼吸置いて、看護婦さんがにっこりと笑って言いました。

「いろいろと苦しいこともあるかもしれませんが、何か力になれることがあったら言ってください」

なんのことか心当たりはありませんでした。

私の表情がこわばっていくのを見て、看護師さんは、しまった、という反応をしました。

私に知らされていないことがあると直感しました。

パニックになりつつも、私は縋りつくように看護師さんに言いました。

「良太について教えてください。どんなことを言われても構いません。お願いします」

「……先生を呼ぶので、待っててください」

やっぱり、分娩室で覚えた違和感は間違いではなかったのです。

疑問は確信に、確信は強烈な不安に変わっていきました。

千人に一人、ダウン症候群

その日の夕方。

仕事を終えた主人と一緒に、先生の説明を受けることになりました。薄暗い診察室には、急遽用意されたような二脚のパイプ椅子が並んでいました。

後から入ってきた小児科の先生は、出産前に見せていた楽天的を思わせる柔らかな表情ではなく、険しい顔つきでした。

話を切り出す先生の声は、どこか申し訳なさそうでもありました。

「岸田さん。ダウン症という障害を知っていますか？」

障害。

想像もしていなかった重い言葉の響きに、私の頭は真っ白になりました。

「残念ですが、良太くんは普通の子どものように話したり、勉強したりすることはできないかもしれません。障害の程度は成長しないと正確にはわかりませんが、ダウン症には心臓病などの合併症がある場合が多く、ずっと寝たきりになる人もいます」

先生の説明で、少しずつ現実に引き戻されました。

何かを尋ねようとした気もしますが、声になりません。

私は、ダウン症という障害がどういうものなのか、きちんと理解していませんでした。

ただ一つだけ確かなのは、良太は普通の子にはなれないということ。

主人と二人して呆然とする中で、先生は最後に「アメリカにはダウン症のコメディアンもいて活躍しているから」と付け足しました。

それは何の慰めにもなりませんでした。

今となっては知的障害がありながら、素晴らしい才能を発揮して芸術家や書道家として名を馳せているアーティストがいることを私は知っています。努力をして、社会で働いている人もいます。

でも、当時の私にとっては、普通の子どもではないというだけで将来の想像の余地はありませんでした。


障害？

普通の子どもにはなれない？

どうして？

どうして、良太が？


頭の中をぐるぐると巡るのは、答えのない問いかけだけです。

良太を出産したのはいわゆる総合病院ではなく、街の小さな病院でした。

その病院でダウン症児が生まれたのは創立以降、良太が二人目。先生たちは対応に不慣れで、宣告が遅れたのも、今から考えれば仕方がないことだったのかもしれません。

「ダウン症とはなんですか？」

私は震える声で、先生に尋ねました。

「生まれつき染色体の異常によって、知能や運動能力の発達が遅れたり、特有の顔立ちになったりする疾患です」

「どうして……どうして良太がダウン症になったんですか？」

「はっきりとした原因はわかっていません。染色体の異常は偶然起こると言われています」

「どうすれば治せるんですか」

「……治ることはありません」

信じられなくて、何度も同じ質問をしたと思います。

その日はそれで、終わりでした。


新生児室で寝ている良太を窓越しに見つめながら私は「何かの間違いじゃないか」と何度も、祈るように呟きました。

やがて間違いではないとわかると、今度は「隣にいる赤ちゃんと取り違えてくれないかな……」とまで願うようになりました。

ショックで夜も眠れませんでした。

たった数分でも一人になるのがとてつもなく恐ろしく、常に泣いてばかりいました。

産婦人科の病棟で周りを見回せば、他のお母さんたちは幸せそうに笑っています。

おめでとうと祝福されています。

私だけが違うのです。

母乳も出なくなりました。

病室にはなぜか牧師さんがやって来ました。これも神の思し召し、困ったことがあれば相談に乗る、というようなことを言われましたが、返事をする気にもなれず、ぼんやりと床の上ばかり眺めていました。

入院は産後一週間を予定していましたが、私の強い希望により四日で切り上げることになりました。

他のお母さんたちといやでも比べてしまうこの場所から、一刻も早く逃げたかったのです。

自宅に戻ると、今度は保健師さんがやってきました。

「岸田さん、あのね。こういう障害のある子どもは、ちゃんと育てられるお母さんを選んで生まれてくるんだよ」

「はあ……」

「神様は乗り越えられる不幸しか与えないからね」

保健婦さんの慰めの言葉に、私は思わず耳を塞ぎたくなりました。

私はまだ良太の障害を受け入れることができていませんでした。

これからどうなるのか、どうすればいいのかなんて、ちっともわかりません。

そんな私の心を置き去りにして、周囲の人たちは私を慰めます。

頑張りなさい、と言われているような気がして。かわいそうな人だ、と現実を突きつけられるような気がして。

どんな言葉をもらっても責められていると錯覚する私は後ろ向きになり、塞ぎ込みました。

育てなくてもいいと言った主人

良太の染色体検査の結果が出たのは、それから一ヶ月後のことでした。

もしかしたら間違いかもしれない。そんなかすかな希望も虚しく、良太は間違いなくダウン症と診断されました。

まずは主人の実家へ説明に行きました。

良太に障害があることを聞き、戸惑った義父母の第一声は「なんで？」でした。

「うちの家系に障害者はいないのに、なんで？」と繰り返す義母。

ダウン症は両親の遺伝ではないと、主人が私をかばうように一所懸命説明してくれたのですが、なかなか納得はしてもらえませんでした。

やがて義母が「みんなで一所懸命良太を育てたら、普通の子に近づけるかもしれない、頑張ろう」と言いました。

私は義母の気持ちを思うと何も言えませんでしたが、きっとそれは無理だろうと心の底で諦めていました。

だって、良太のダウン症は治らないのです。

この頃の私は、良太がダウン症になったのは自分のせいだと思い込んでいました。

きっと、自分の何かがいけなかったんだ。そんな後悔に苛《さいな》まれました。

私は、とにかく頑張らなければいけないと自分を追いつめました。

私は良太の親だからです。つらいと弱音を吐くことは許されません。

すぐに本当の感情がついていけなくなりました。

仲の良い友人に子どもが生まれたことがきっかけでした。おめでたいことなのに、素直に喜んであげられない自分がいたのです。その子は健康で、周りから祝福されて、明らかに良太とは違いがあったからです。

「私と良太は、これからどうなるんだろう？」

良太を抱っこしながら、ふと自問しました。

私は障害について怖くて調べることもできず、拙《つたな》い知識と経験で想像することしかできませんでした。

一生喋ることも、歩くことすらもできないかもしれない良太。

ずっと良太の介護をしている自分。

これから先の未来。生きていく希望なんて、とても持てませんでした。

恐怖、不安、情けなさ、申し訳なさ、様々な感情がいっぱいになって溢《あふ》れました。

仕事を終えて帰ってきた主人に、ぶつけるように吐露しました。

つらい。

これから、どうしたらよいかわからない。

育てられる自信がない。

なんで良太には障害があるんだろう。

なんで良太を普通に産んであげられなかったんだろう。

なんで、どうして。


取り留めもなく、主人に向かって繰り返しました。

「このまま良太と二人で消えてしまいたい」と泣きながら伝えると、それまで何も言わなかった主人が口を開きました。

「そんなにつらいなら、育てなくてもいい。施設に預けるという方法だってある。絶対にママが育てないといけないわけじゃない」

それは想像もしていなかった一言でした。

「俺は誰よりもママが大事だ。頑張っているママが生きていく自信を失くすほどつらい思いをするなら、そこまで責任を負わなくていい」

主人は私の目をまっすぐ見て、そう言いました。

子どもが好きだった主人がどんな思いでそれを口にしたのか、想像に難くありません。

でも当時の私は、自分の頑張りを、良太と向き合いたいのにそれができない苦しさを、ちゃんと認めてくれる人がいることにびっくりするほど救われたのでした。

「……ううん、私が良太を育てる」

まるでそれ以外の選択肢がないかのように、私の口から無意識に決意が飛び出しました。

前向きになるとか、立ち直るとか、とてもそこまでのポジティブな変化だったとは言えません。

強いて言えば「諦めない」という選択に近かったと思います。

悲しくてつらい時に、主人は「頑張れ」とも「責任を持て」とも言わず、私をただ信じて、寄り添ってくれました。

私の絶対的な味方になってくれる主人がいるなら乗り越えていけると思ったら気持

ちが楽になって、本能的に突き動かされたのかもしれません。

良太を育てる上で、一番の支えになってくれたのは主人でした。

成長を比べたくない

それから少しずつ、私たちは良太のこれからに向き合い始めました。

当時は今ほど療育（障害児を医療的に育成すること）という言葉が認知されていませんでした。

身近にダウン症の子どももいませんでした。

私と主人が最初に取りかかったのは、とにかく調べることでした。

病院からもらったはいいけど現実を知ることが怖くて開けなかった、ダウン症についての本を読み進めました。

市役所や区役所に電話をして、専門の機関がないか、手当たり次第に質問をしました。

こべっこランド（神戸市総合児童センター）という施設でダウン症の療育、つまり発語や手先を使った運動の訓練をしてくれることを知り、すぐに訪問しました。

「あの、ここでうちの子どもの療育をしてもらいたいのですが……」

恐る恐る打ち明けると、療育の先生はニッコリ笑って言いました。

「わかりました。では毎週金曜日、十時に来てください」

意外なほどあっさり受け入れてもらえたことに、私は安心しました。


私と主人と良太の三人で、初めて療育の教室を訪れた時のことです。教室には三歳から四歳くらいのダウン症児たちがいました。

正直に言うと、とてもショックでした。

療育を受けたら、良太の障害は軽くなるのではないかと私は心のどこかで想像していたのです。治らないと言われても、ひょっとしたらと期待していました。

しかし、そこにいた子どもたちは、見た目よりずっと幼い印象を受けました。はっきりと言葉を喋っている子どもは一人もいません。

「これが現実なんだ……」

思わず目を逸《そ》らしたくなるような光景でしたが、良太は精一杯、毎日を生きようとしています。お腹がすいたら泣きますし、よく眠って、よく笑ってくれます。くよくよと悩んでいる時間はありませんでした。

療育を続けていると、施設の職員さんが声をかけてくれました。

「良太くんと同じ療育を受けている子どものお母さんたちの集まりがあるんだけど、よかったら顔を出さない？」

そこで初めて、母親同士の横の繋がりができました。

ダウン症について情報交換をさせてもらえてありがたいなと思う一方で、私の中にはモヤモヤした感情が募っていきました。

「うちの子は今、こんな言葉も喋れるようになった」

「そんなの、うちの子もとっくに喋れている」

「誰が最初にできるようになるかな」

子どもの成長を喜ぶのは、親として当然のことです。

そのお母さんたちも、喜びのあまり競っていたのだと思います。

でも私は「誰が一番先にできるのか」「他の子と同じようにできないといけない」というような、良太を誰かと比べるようなことは、自然と避けるようになっていました。

病院で他の赤ちゃんたちと比べていたつらい記憶がフラッシュバックして、心が勝手に拒否反応を示してしまったのかもしれません。

とにかく私は、比べる、ということが大嫌いになっていました。

せっかく紹介していただいたのですが、なんとなくそのお母さんたちの集まりとは疎遠になってしまいました。

みんなで勝ち取った一位

良太の成長は、それはそれは遅いものでした。

ダウン症には低緊張という特徴があるので、首がすわるまでに八ヶ月かかり、一人でしっかり歩くことができたのは三歳になってからでした。

良太の場合は、知能の発達が著しく低下する知的障害も併発していました。

数字やひらがなを理解させようとなんとか頑張ってみましたが、私が意気込んで教えようとすると、良太の表情は曇っていくのです。

一方で、奈美やその友だちと一緒に遊んでいる時はとても楽しそうでした。私たちは神戸市にある集合マンションで暮らしていたのですが、近所の子どもたちが家に来て遊ぶことも多く、良太もおままごとやブロック遊びに交ぜてもらっていたのです。

良太は言葉も喋れないし字も読めませんが、見よう見まねで順番待ちや片づけなどのルールを覚え、一緒に遊ぶようになりました。

その様子を見ながら私は「なるべくみんなと一緒にいさせてあげたい」と強く思いました。

障害のある子どもたちが集まる養護学校に行けば、手厚く良太の面倒を見てくれるし、他の子どもたちと比べることもなくなるかもしれません。

でも、普通学校に通えば大好きな奈美やみんなと一緒に過ごせるという苦労に、あえて良太と一緒に挑戦してみたいと思ったのです。

思い立つと同時に無理だろうなと諦めていたのですが、調べてみると、障害児を預かってくれる保育園があることがわかりました。

それが、神戸市北区にある明照保育園でした。

半信半疑で良太の手を引いて保育園を訪れた時、出迎えてくれたのは園長の黒川先生でした。黒川先生はお寺の住職さんでもありました。

保育園に到着してすぐ、叫んだり走ったりしてしまう良太に肝が冷えましたが、黒川先生は少しも動じずに「良太くんを預かりますよ」と言ってくれたのでした。

保育園に入園した初日。

先生たちは良太に思いっきり泥遊びをさせてくれました。もちろん健常者の子どもたちも一緒です。

くたくたに遊び疲れた良太は家に帰るとぐっすり眠りました。

寝顔を見ながら「ここなら良太は毎日、好きなだけ遊んで、みんなで過ごすことを学ばせてもらえる」と私は期待に胸を膨らませました。

良太は六歳になるまで保育園で過ごしました。

保育園に見学に行った時、良太がとても楽しそうにのびのびと遊んでいるのを目の当たりにして喜びを噛みしめました。お遊戯も食事も、みんなと一緒に参加しているのです。それまでの私には想像もできない光景が広がっていました。

「りょーたくーん、あそぼー」

「あーい」

そんな声をかけあう子どもたちにとって、ダウン症の良太が一緒にいることは当たり前になっていました。

子どもたちからいつ「良太くんはなぜ他の子と違うの？」と聞かれるだろうとビクビクしていましたが、卒園まで聞かれることはありませんでした。

子どもたちは良太と過ごす中で、なんとなく障害について理解してくれていたのかもしれません。

そのうち、私が聞き取れない良太の言葉を、子どもたちが通訳をしてくれるまでになりました。良太に起こった楽しそうな出来事を、子どもたちが私に報告してくれるのが日課になっていました。


運動会での出来事は、特に印象深く残っています。

最年長の六歳ともなると、運動会の競技も見応えがあるものになります。特にリレーは、運動会のフィナーレを飾る目玉競技でした。

みんなが優勝を狙って、本気で挑みます。低緊張のある良太は速く走ることができません。良太が入ったチームが負けてしまうことは明らかでした。

しかし良太は、みんなが練習で盛り上がっているのを見てリレーに出たいと思ったのか、みんなに交ざって走る真似をするようになったのです。

担任の先生はうろたえて、どうしようかと悩んでいる様子でした。

これは仕方ないから辞退しようと私が声を上げようとした時です。

「先生、きっしーがリレーに出たいなら、チームに入ってもらおうよ」

運動神経が一番よくて人気者の藤原くんという男の子が、先生に言いました。きっしーとは、良太のあだ名です。

「きっしーが遅いなら、その分僕らが速く走ったらいい。みんなで練習しよう。みんなでリレーに出て一位になろう」

藤原くんの一声に、周りの子どもたちも賛成してくれました。

翌日から、子どもたちによる自主練習が始まりました。すべての休み時間を、リレーのバトンパスの練習に自ら充ててくれたのです。

運動会、当日。

見事なバトンパスと藤原くんの猛烈な追い上げで、良太のチームが一位になった時。割れるような歓声の中で、私は涙が止まりませんでした。

特別扱いするわけではなく、普通に遊んで、時には喧嘩もして、良太と一緒に過ごしてくれた保育園の子どもたちには、いくら感謝をしても足りません。

良太が愛される三つの約束

良太のお迎えに行ったある日。卒園したらどうしようかと、ふと考えました。せっかく保育園で素敵な友だちができた良太です。できればみんなと同じ小学校に進学させたいと思いました。

小学校には、他の幼稚園や保育園から来た子どもたちもいます。もしかしたら、障害のある良太を受け入れてもらえないかもしれません。

現に、途中から保育園に編入してきた子どもからは「きっしーは、どうして話せないの？」と不思議そうに聞かれました。

悪気はなくても、子どもは正直です。

このまま小学校に進学したら、良太は孤立してしまうかもしれません。

今は楽しそうに保育園で過ごしている良太を見ながら、私は悩みました。


私は、良太がみんなから仲よくしてもらうためにはどんなことが必要だろうか、と考えました。


そこで私は、良太が愛されるために、三つのことを徹底して教えることにしました。

一つ目は、「おはよう」「こんにちは」というあいさつをすること。

あいさつはすべてのコミュニケーションの始まりです。あいさつをされて嫌な気持ちになる人はいません。

良太は流暢《りゅうちょう》に喋ることはできなくても、あいさつくらいはきっとできると私は信じていました。みんなに良太を認めてもらい、好きになってもらうための、欠かせない第一歩です。

二つ目は、集団生活のルールは必ず守ること。

例えば遊具を使う順番を守る、片づけをする、我慢をする、などの簡単なルールです。

最初、良太はそういったこともわかりませんから、どうしても「きっしーはできないから、守らなくてもいいや」と周りの子どもたちが気を使って、良太が特別扱いされてしまいます。それは止めてもらうようお願いしました。

何かを手伝ってもらったら良太から「ありがとう」、悪いことをしたら「ごめんなさい」を言えるように何度も練習しました。

「きっしー、給食の時はここに並ぶんだよ」

「ありがとう」

「きっしー、水を出しっぱなしにしたらダメだよ」

「ごめんね」

良太が素直に返事をするので、いつの間にか子どもたちも良太に教えてくれるようになりました。

三つ目は、常に自分を清潔にしておくこと。

具体的には手の洗い方、こまめにハンカチを使うこと、服のボタンの留め方などです。

見た目が汚かったりすると、子どもたちも声をかけづらいに違いありませんでした。できる範囲で清潔にするように癖がつくまで、何度も良太と一緒に練習しました。たった三つの約束ですが、良太がすべてを覚えるには長い時間がかかりました。

あまり厳しく怒ってしまうとパニックになってしまうので、私の指導はとにかく「褒《ほ》める」ことでした。

「今、ありがとうって言えたね。えらいなあ」

「順番をちゃんと守って、良太はカッコいいなあ」といった具合に、です。

良太の発音は不明瞭です。ほぼ母音だけで喋っているように聞こえるので、私でも聞き取れない言葉があります。

「こんにちは」は実際のところ「おんにいわ」でしたが、やっと言えるようになった良太はとても喜んでいました。

褒められることが大好きで、そのために一所懸命努力するようになっていました。

その甲斐もあってか、字も読めない、計算もできないはずの良太が、保育園から中学を卒業するまでみんなに仲良くしてもらい、慕われるようになったのです。

「良太は病気なの？」

悩んだ末、良太は地域の小学校に入ることになりました。保育園の友だちも一緒です。

障害のある子どもたちが集まる特別支援学級ではありましたが、通常の授業や休み時間などはできるだけ普通クラスで過ごさせてもらえました。

入学早々、良太は大注目を浴びることになりました。それは決してよい意味ばかりではありません。

別の幼稚園や保育園からやって来た子どもたちは、不思議そうな、どこか怯えたような目で良太を見ていました。

私と良太は一気に疎外感を覚えました。

「このままじゃ良太がつらい思いをするかもしれない……」

そう懸念した私は、まず私自身が子どもたちの人気者になろうと思い立ちました。

毎朝の登校班には、良太と一緒についていきました。

会話を重ねるうちに、子どもたちが「きっしーのおばちゃん、あのね」と私の周りに集まってきて、話してくれるようになったのです。

それから徐々に子どもたちは、良太にも構ってくれるようになりました。良太に何ができて、何ができないのかを少しずつ伝えて、ゆっくりわかってもらうことができました。

一方で五年生になった奈美は、良太の障害について理解し始めていました。

当時、小学校の先生の一人が、奈美のクラスでこんな話をしたそうです。

「奈美さんは、いつも障害のある良太くんと一緒で苦労しています。学校にいる時は、奈美さんを助けるつもりでみんなが良太くんの面倒を見てあげましょう」

先生に悪気があったわけではないと思います。むしろ奈美を助けるつもりで話してくれたのでしょう。

しかし、後にも先にも、この時ほど奈美が良太のことで嗚咽《おえつ》するほど猛烈に怒ったことはありません。

「私は良太のお姉ちゃんになって、苦労したことなんてない。かわいそうなんて思われたくない」

奈美の悔しさは、もっともでした。

奈美にはダウン症がどういうものかを、ちゃんと伝えていませんでした。いつ話すべきかわからないまま、時が過ぎてしまっていたのです。

「良太は病気なの？　本当にかわいそうなの？」

私は奈美の質問に答える代わりに、一冊の絵本を渡しました。

それは『わたしたちのトビアス』という、スウェーデンに住むダウン症の弟を紹介するために兄姉が描いた絵本でした。

絵本を読み終わった奈美は、目尻に涙を溜めて言いました。

「ママ、良太は病気じゃないし、かわいそうじゃないんだね。他の人たちとはちょっと違うけど、みんなで一緒に過ごすことができるんだね。良太は良太だもん」

それから奈美は絵本を学校に持っていき、担任の先生の前で読んだそうです。奈美があまりにも熱心に読むので、他のクラスの先生たちも絵本を回覧してくれました。

翌年、学年が上がった奈美は、新しく入学してきた子どもたちの前で、自ら良太の紹介をしました。

みんなと楽しく過ごすために、奈美が考えて決めたことでした。

卒業式はありがとうに囲まれて

先生や友だち、奈美などみんなの協力があって、本当にありがたいことに良太は小学校でも楽しい日々を送ることができました。

良太が小学校を卒業する日のことです。

私は他のお母さんたちから声をかけられました。

「きっしーのお母さんですよね」

「はい。このたびは良太が本当にお世話になりました」

「いいえ、お礼を言いたいのは私たちの方です」

畏《かしこ》まった様子にどういうことかと不思議に思っていると、お母さんたちは笑顔で続けてくれました。

「うちの子は、家でいつも良太くんの話をしてくれました。どうしたら良太くんと一緒に遊べるか、伝えたいことが伝わるかを考えていました」

「年下の兄弟たちの面倒も見るようになりました。できることは本人に任せて、できないことはさりげなく手伝うようになったんです」

「良太くんのおかげで優しい子どもに育ちました。障害のある友だちと仲よく過ごせたことは、かけがえのない時間になったと思います」

お母さんたちから口々に良太への感謝を伝えてもらい、私は開いた口が塞《ふさ》がりませんでした。

突然脳裏をよぎったのは、私が小学生だった頃の記憶でした。クラスにのぶちゃんという女の子がいたのを思い出したのです。

のぶちゃんには知的障害があって、良太と同じように勉強や明瞭な発声はできませんでした。でも、のぶちゃんが過ごしていた特別支援学級にはトランポリンなどの遊具があって、当時まだ知的障害についてよくわかっていなかった私は、のぶちゃんから遊ぼうと誘ってもらえることが単純に嬉しかったのです。

私が小学校を卒業する時、のぶちゃんのお母さんが涙を流しながら私に「のぶと一緒に過ごしてくれて、本当にありがとう。ひろ実ちゃんが友だちになってくれて本当によかった」と言ったのでした。

友だちになってくれてありがとう、と言われるのは当時不思議な感覚でした。

のぶちゃんのお母さんが流した涙の意味が、この時になってようやくわかりました。

「こちらこそ、良太と過ごしてくださってありがとうございました。たくさん助けてもらって、たくさん遊んでもらったおかげで、良太はとても幸せです」

私はもらい泣きをしながら、お母さんたちに頭を下げました。

もう私は、他の子どもたちと良太を比べて、悲しむようなことはありませんでした。

波乱万丈だった良太の子育て。気がつけば私も良太に育てられたのです。

あんなに人と違うことを恐れていた私に「人と違ってもいい。勉強ができなくても、話せなくても、みんなと一緒に過ごして笑って日々を送ることができる」と教えてくれたのは、良太でした。

第三章

主人との別れ、伝えられなかったこと

夢の東京進出

良太の笑顔に支えられながら、家族四人で幸せな生活を送っていました。

しかし、それは長く続きませんでした。

二〇〇五年六月、主人は心筋梗塞でこの世を去りました。

三十九歳という若さでした。

当時、主人が創業した建築設計の会社が軌道に乗り、従業員を五人も抱えていました。

「東京に支店を出すことになった。俺もしばらく東京に住むから」

亡くなる二年前、主人は私に言いました。突然の単身赴任は心配でしたが、経営が順調で楽しそうな主人を見ていると、応援したい気持ちが勝りました。

ベンチャー企業でしたから、主人の仕事はものすごくハードでした。

単身赴任中の食生活はめちゃくちゃ、慣れない土地でストレスは溜まる一方だったようです。

月に一度、主人は神戸の自宅に帰ってきました。

話題はもっぱら東京での仕事についてで、自分がお洒落にリノベーションしたマンションの写真を、奈美や良太に見せながら楽しそうに話していました。

主人は自分の仕事が大好きで、生き甲斐そのものになっていました。

特に中学二年生で多感だった奈美は、主人の仕事に深く興味を持ち、尊敬していました。

「私もパパみたいな仕事をしたいな」

「そうか。奈美は中学生だから、これからどんなことでもできるぞ。でも、どうせなら今まだ世の中に名前がない仕事をしてほしいな。自分で新しい仕事をつくったらいい」

今でこそテレビ番組などで取り上げられることが増えたものの、当時はまだめずらしかった中古マンションのリノベーションを主人はいち早く手がけていました。

外から見ると普通のマンションなのに、いざ扉を開けるとそこは別世界のようでした。例えば「『トム・ソーヤーの冒険』の作家が、イメージを膨らませるために訪れる夏の家」「ニューヨークの休日の朝、思い切り寝坊したくなる家」など面白いコンセプトを主人は次々と空想しては、形にしていったのです。お客さんにも大好評で、すぐに完売していました。

奈美は目を輝かせながら、主人の話に聞き入っていました。

そんな奈美に期待を込めてか、主人が奈美に贈るプレゼントはいつも少し変わったものでした。

奈美は五歳でｉＭａｃというアップル社製のパソコンを買い与えられ、主人が選んだマニアックな百科事典に囲まれ、スウェーデン製の不思議な家具で勉強をしていました。他の子どもたちと趣味が合わないと奈美が嘆いていたのも、今となっては笑い話です。

しかし、徐々に主人が神戸で過ごす時間は短くなっていき、帰ってくるたびに体調を崩して一日中寝ていることも増えました。

最後の言葉は「パパなんて大嫌い」

主人が倒れた日のことは、今でもよく覚えています。

夜、帰路についているはずの主人から電話がかかってきました。

「なんだか歩きづらいから、迎えにきてほしい」

「大丈夫？　病院に行く？」

「明日は金沢出張があるから絶対に休めない。ただの疲れだし、病院に行かなくても寝れば治るはずだから」

そう押し切られて、私は主人を車で迎えにいき、渋々自宅へ直行しました。

「パパ、おかえりなさい。今日は遠足でお土産買ってきたよ」

自宅で主人を出迎えたのは、奈美でした。

奈美はその日、中学校の校外学習で愛知県の万博に行っていたのです。

当時の奈美は思春期真っ盛りで、主人と口喧嘩することが増えていました。携帯電話を使いすぎだとか、家で勉強をしないとか、きっかけは些細なことばかりだったと思います。

校外学習がよっぽど楽しかったのか、めずらしく奈美の機嫌がよいようでした。主人にお土産話を聞いてもらいたかったのでしょう。

しかし主人は、疲れきった顔で奈美に言いました。

「ごめん。今日はしんどいから、もう寝かせてほしい。明日聞くから」

主人の答えを聞いて、奈美の顔色が変わりました。

「せっかくパパにお土産買ってきたのに、話も聞いてくれないの？」

たったこれだけのことで、二人は口論を始めてしまったのです。お互いに疲れてイライラしているので、なかなか収まりません。

奈美は最後、主人に向かって吐き捨てるように言いました。

「もういい。パパなんてうざいし、大嫌い。死んじゃえ」

娘は自分の部屋に閉じこもって、そのままふて寝をしてしまいました。

「奈美も本気で言ってないと思うから」と私は慌ててフォローしましたが、主人は「まあ、いつものことだから」と平気な顔をしていました。

まさかそんなひどい言葉が、主人との最後の会話になるなんて、奈美は想像もしていなかったと思います。この時の暴言を、これから奈美はずっと後悔することになってしまいました。


主人の様子がおかしくなったのは、それから数時間後、深夜一時頃のことでした。

「苦しくて寝られない。救急車を呼んでほしい」

身体も動かすことができず、真っ青な顔をしている主人を見て、私は慌てて救急車を呼びました。

症状を見た救急隊員の話から、ほぼ確実に心筋梗塞だろうということがわかっていました。

家から車で五分ほどの病院に搬送されることを知った主人は、私に言いました。

「奈美と良太は起こさないでくれ。心配させたくない」

主人の顔色は元に戻りつつあり、意識もしっかりしていて元気そうでした。

一度病院に行って落ち着いてから、奈美と良太を迎えにこようと決めた私たちは、寝ている二人を置いて救急車で病院に行きました。

病院に到着して、診察を終えた先生から説明がありました。

「奥さん、大丈夫ですよ。心筋梗塞はカテーテル治療をすればよくなります。手術は二時間ほどで終わりますから」

先生の言葉を聞き、主人の命に別状はないことを知って私はホッとしました。

「難しくない手術で治るって。本当によかったね」

手術の直前、私は主人に言いました。しかし、ベッドに横たわる主人は思い詰めたような顔をしていました。

「俺はもう死んでしまうと思う。ごめんな」

「なんでそんなことを言うの。先生も大丈夫って言ってるんだから」

「奈美と良太は、大丈夫。大丈夫だから」

うわごとのように、主人は繰り返していました。

二人の子どもはこれから先、何があっても大丈夫だから、と。

先生から治ると言われているのに、主人がなぜそんなに思い詰めているのか、私にはわかりませんでした。

主人だけが、自分の運命を悟っていたのかもしれません。

手術が始まって二時間経《た》っても、三時間経っても、ついには朝になっても、主人が手術室から出てくることはありませんでした。

不安になって他の先生や看護師さんに何度も尋ねに行きました。

「思ったよりも病状が悪く、手術が長引いているみたいです」

返ってくるのは同じ返答ばかりでした。

朝になってようやく手術が終わりました。

執刀してくれた先生は、深刻な表情でこう言いました。

「大変危険な状態です。治療をするにもご主人の血管が脆く、これ以上の処置ができなくなりました。最善は尽くしましたが、後はご主人の生命力に賭けるのみです」

手術を終えた主人は、すでに意識がない状態でした。

主人の傍らでは人工心肺装置が音を立てて動いていました。それは、自力で動かすことができない主人の心臓と肺の代わりでした。

私には、とにかく回復を信じることしかできませんでした。

「今日、パパが応援している野球のチームが勝ったよ」

「奈美と良太は元気に学校に行ったよ」

「来月は誕生日だね。早く元気になって、一緒にお祝いしようね」

返事がなくても、私は主人に語りかけ続けました。意識がなくても、きっと聞こえると信じていました。

良太はずっと病院にいることが難しかったので、私は家と病院を何度も往復していました。

「こんなに一日何度も家族が面会に来る患者さんはめずらしいです。旦那さんもきっと、嬉しいでしょうね」と看護師さんに言われるくらい、通いつめました。


主人の容態は一進一退を繰り返しました。人工心肺装置を外すことができて、回復に向かうかと思えば束の間、さらに悪化してまた装置に頼る他なくなりました。とうとう最期まで、主人は一度も意識を取り戻すことはありませんでした。

手術から二週間後、六月九日の午後六時。

主人は静かに息を引き取りました。

中学校から体操服のままで駆けつけた奈美は泣きながら「ありがとう」と「ごめんなさい」を、主人の隣でひたすら繰り返していました。

救急車を呼んだあの夜、私が奈美を起こしていれば。主人と会話をさせてあげていれば。奈美に謝る言葉も見つかりませんでした。

良太は、何が起こっているのか全くわかっていませんでした。チューブだらけで横たわっている主人を、主人として認識すらできていなかったみたいです。良太はしばらく「パパ、どこ？」と不思議そうに尋ねていました。

お葬式が終わるまでのことは、あまり記憶にありません。喪主としてやることがいっぱいで、走り回っていました。

本当に主人がいなくなったことを実感したのは一周忌を迎えた頃でした。

主人は死んだわけではなく、仕事で東京に行っているだけであるかのような気さえしていたのです。

私の中で生きてくれている

私には奈美と良太がいました。子どもたちを守るため、泣いてばかりもいられません。心を空っぽにして、とにかく日々をやり過ごすことに集中しました。

主人の遺品を整理するために、奈美と東京へ行くことがありました。

赤坂にあった主人の自宅には、主人が気に入っていた家具や本が溢れていました。

たった一人でいる時に倒れなかったことは、せめてもの幸運だったのかもしれません。

奈美は残された主人の日記を、食い入るように読んでいました。

遺品の整理も終わり、することがなくなったと同時に、寂しさがこみ上げてきました。

ある日、自宅を掃除していた時のことです。我が家は絨毯敷きのリビングに、あえてフローリング工事をしていました。これは主人の強いこだわりで実現したことでした。

「そういえば、東京の部屋は絨毯で掃除しづらかったな。良太はよく食べ物をこぼすし、フローリングにしてくれてよかったな」

そんなことをぼんやりと考えていました。主人はそこまで考えてくれていたのでしょうか。ありがとうと言えていなかった自分に気づきました。

「奈美がお箸の持ち方をなかなか覚えなくて、夫婦喧嘩してしまったことがあったな。結局どっちも謝らず、うやむやにしたんだった」

「私が腱鞘炎になった時、ハヤシライスを作ってくれたな。それしか作れる料理がなくて、毎週続いたから笑ってしまったけど、私はちゃんとお礼を伝えたっけ？」

私は、できるだけ主人に「ありがとう」や「ごめんなさい」を伝えていた方だと自分では思っていました。

私が良太にその言葉を教える立場だったからです。

でも、次から次に思い浮かんでくるのは「あの時ちゃんと伝えられたっけ？」という疑問でした。

私は意外と、自分の正直な気持ちを主人に伝えられていなかったのです。

それは苦い後悔へと変わりました。

けれども、もう主人はいません。今から伝えることはできません。

「死んじゃえ」と本心とは違う言葉を感情のままにぶつけ、謝ることができなかった奈美は今でもひどく自分を責めています。

これから生きていれば多かれ少なかれ、後悔はしていくものです。でも、大切な気持ちを伝えられないことで起こる後悔は、自分の力で減らすことができます。

主人を亡くしてから、私は一つのことを誓いました。

「ありがとう」という感謝の気持ち。「ごめんなさい」というお詫びの気持ち。この二つだけは、絶対に先延ばしにせず、感じたその場ですぐに伝えることです。

本人に面と向かって直接伝えられる時間は、決して無限ではありません。いつ終わりが訪れるともわからないのです。

亡くなった主人から教えてもらった大切なことを、今度は私自身が誓い、実行し、子どもたちに伝え続けていくこと。

それは、主人が私に残してくれた使命であり、主人がかつて望んでいたことだと信じています。

そう心に決めて私が行動すれば、主人は私の中で生き続けてくれるのだと思いました。

第四章

死にたいなら、死んでもいいよ

致死率五十パーセントの大動脈解離

主人が亡くなって三年が経ち、私は四十歳になりました。

私は家庭を支えるため、近所に開設したばかりの「もみの木整骨院」で働き始めました。そこで最初は受付業務を担当していました。そのうち、診療を待つ患者さんから声をかけられることが増えてきました。

患者さんにはご高齢の方が多く、私はなぜかとても可愛がってもらえたのです。身体の不調から人生相談までいろんなことを話してもらうたびに、私も患者さんの役に立ちたいと強く願うようになりました。

「女性の力でもできる整体の施術を身につけたら、患者さんの不調を自分で治せるかもしれない」

そう意気込んだ私は、月に一度泊まりがけで福岡に行き、自然形体療法の専門家である田中昭則先生から整体を学んでいました。

素人同然だった私に田中先生がくださった「焦らずに頑張ってください。頭で仕事をするのではなく、ハートで仕事をしましょうね」という言葉は、今でも仕事をする上での大切な原点になっています。

もともと東洋医学には関心が高かったこともあり、仕事は充実していました。一応完璧主義者というか、家事も子育ても手を抜かない主義でしたので、気がつけば一日の平均睡眠時間は四時間。

夜は洗濯と掃除を終え、明日のお弁当の準備をして床に就く。朝は五時半に起きて朝食を作り、子どもたちを送り出して、整骨院へ仕事に行く。土日は整体の勉強に没頭していました。

そういう生活を続けていたので、楽しさとやり甲斐で心は満たされる一方、身体はどんどん疲れていってしまったのです。

二〇〇八年一月五日。

その日私は、整骨院の新年会に出席する予定でした。

夕方五時頃、洗面所で身支度をしている時です。髪の毛をとかそうとブラシを持ち上げた瞬間、バーンッという音が聞こえるくらいの衝撃が胸に響きました。

直後は苦しさこそありませんでしたが、自分でも「これはまずい」とわかりました。

怖くて身体を動かすこともできませんでした。

自宅には奈美と良太もいたので、とにかく必死で平静を装い、救急車を呼んでほしいと頼みました。

私は隣の市の救急病院に運ばれ、検査を受けました。

先生は私の診察を終えて、こう言いました。

「痛みの原因がはっきりとわかりません。ただ一つだけ気になることがあります。聴診器を当てると胸からフラップ音がするんです。念のため、もう一度ＣＴ検査をさせてもらえますか」

ＣＴ検査はすでに終わっていたのですが、造影剤を入れての再検査を勧められました。

「どんな病気の可能性があるんでしょうか？」

その時の私はまだ意識がはっきりしていて、先生と会話もできていました。

「うーん、可能性があるとすれば大動脈解離という病気です。ですが、この病気は五十歳以降の男性に多いですし、あなたにあてはまる要素もほとんどありません」

私のカルテを見ながら、先生が言いました。

「どうしても気になりますので、やっぱりもう一度検査しましょう」

あとからいろんな病院の先生に言われて知ったことですが、この先生の判断は正しく、フラップ音を聞き逃さなかったのが私の生死の分かれ目のようでした。検査をせずに様子見ともなれば、間違いなく私は死んでいたのです。

再検査の結果を見た先生は血相を変えました。

「大動脈解離でした。一分一秒を争います。ここでは処置ができないので、今から大きな病院を探します」

大動脈解離。

それは、心臓の太い血管が破裂して剥がれていくという病気です。発症後の致死率は五十パーセントと高く、私も危ない状況でした。

「神戸大学病院から受け入れ許可が出ました。オペ室も空いています」

あちこちに電話をかけ続けていた先生がそう言って安堵したのもつかの間、彼の顔はたちまち険しくなりました。

「搬送には救急車で四十分くらいかかります。はっきり言って、到着までに頓死《とんし》される可能性が非常に高いです」

「頓死……」

「申し訳ありませんが、救急車に同乗できるのはご家族お一人だけです。どなたが乗るか決めてください」

最初に救急車に乗ろうとしたのは奈美でしたが、救急隊員の方々から止められました。

救急車の中で死亡する確率が高いため、同意書へのサインが必要となります。未成年の奈美にはそれができないという理由でした。

心配で涙ぐむ奈美の代わりに同乗したのは、駆けつけてくれた私の母でした。

私は胸の激烈な痛みを抑えるためにモルヒネを打たれていたので、救急車の中では意識が朦朧《もうろう》としていました。時間の感覚も曖昧《あいまい》でした。

ガタガタと揺れる救急車に、ずいぶん長く乗っていた気がします。

気がついたら、神戸大学病院に到着していました。

救急病院の先生が心臓のフラップ音を聞き逃さず再検査をしてくれたこと、そして救急車の中で頓死しなかったことが、私に起こった最初の奇跡だったのです。

手術の準備をしている間に、私は意識を失いました。

ここからは手術後に奈美から聞いて知った話です。

私が意識を失っている間、家族は別室で先生の説明を受けたそうです。

「ひろ実さんの容態は深刻です。助けるには心臓の血管を丸ごと人工血管に変える大手術が必要です。手術をしても命が助かる確率は二割あるかないかです。……手術に同意いただけますか？」

高齢の母とともに、この宣告を聞いたのは奈美でした。

当時高校二年生だった奈美がこの選択を迫られるのは、どれだけ酷なことだったろうと思います。

「手術をしてください。ママを助けてください。お願いします」

その後、奈美は精神的に限界がきて、吐いて倒れてしまったそうです。最後の会話が叶わずに父親を失い後悔し続けている奈美にとって、それは負担が大きすぎる決断でした。

手術を担当してくださったのは、心臓血管外科領域の名医です。先生がたまたまその晩、病院に詰めていたことが二つ目の奇跡でした。

彼でなければ執刀は難しい手術だったのです。

手術は七時間超に及び、幸いにも成功しました。

ところが目覚めた時、私は胸から下が全く動かせない状態でした。

動かせないどころか、足を触られても感覚すらありません。

「どうして私の足は動かないんですか」

ベッドに寝たまま、掠《かす》れる声を振り絞って先生に尋ねました。

先生は私の酸素マスクを外して、少し迷うように目線を泳がせました。

「奇跡的に一命は取り留めました。ですが……胸から下に麻痺が残りました。残念ながら、ご自分の足で歩くことは一生できなくなります」

命を救うことを最優先にするため、手術中は脳のある上半身に血流を集中させることになりました。

その結果、私の脊髄に集まる神経はすべて壊死《えし》してしまったのです。

先生から説明を受けた時、最初に思ったのは、病室の外で待ってくれている家族にこの現実をどう説明しようか、ということでした。

自分の足でもう歩けない

わたしは焦躁《しょうそう》の色を隠せないまま、自分の言葉で奈美に状況を伝えました。

奈美が返事をするまで、時間が流れるのがひどくゆっくり感じられたことをよく覚えています。

奈美はいつものように「大丈夫、大丈夫」と明るく言ってくれました。私の命が助かっただけで十分なんだと。

でも、大丈夫ではないことは私が一番わかっていました。

手術が終わって一週間が経っても、私はベッドの上で身体を起こすことも、寝返りすらもできませんでした。

胸から下が鉛のように重く、まるで自分の身体ではないような錯覚があるのです。

もう好きなところにも自由に行けないし、好きな服も着れない。すべてを失って、人ではなくモノになってしまった。そんな気持ちでした。

自分のこと以上に、年頃の奈美と障害のある良太のこれからを思うと、深い闇の底へ沈んでいくようでした。

手術が終わって二ヶ月間は、心臓の状態を回復させるための入院でした。

それからリハビリのため、神戸市長田区にある荻原みさき病院に転院しました。

ベッドの上で寝たきり、着替えや食事もすべて誰かに手伝ってもらう生活です。とにかく車いすでも何でも一人で動けるようになりたいというのが目下の願望でした。

しかし、待っていたのは厳しい現実でした。

「では岸田さん、まずは機械を使って身体を起こす訓練をしましょう」

そう理学療法士さんに言われ、私は斜面台（チルトテーブル）に横になりました。この台を徐々に傾けていき、最終的には立っている状態まで身体を起こすという訓練です。

私は三分もしないうちに気を失いました。

下半身が麻痺していると、血液が心臓に戻りにくくなるため、すぐに貧血となってしまうのです。

こんな状態ではいつ車いすに乗れるかもわかりませんでした。

「焦らずゆっくりやっていきましょう。きっとすぐ、車いすに乗れるようになりますよ」

その「すぐ」が近づいている気が微塵《みじん》もしませんでした。自分の身体を回復させるはずのリハビリですが、私にとっては歩けないことを思い知らされるむごい儀式でしかありません。

一日二回のリハビリが終わる頃には、身体も心も疲れ果ててヘトヘトでした。

胸髄《きょうずい》損傷による両下肢機能全廃、身体障害者等級は最も重い一級。

それが私に残された、障害の名前でした。

二億パーセント大丈夫

二年間の入院生活で最も気が滅入る、今でもトラウマになっている出来事が起こりました。

心臓の病気は順調に回復しましたが、身体に褥瘡《じょくそう》（床ずれ）ができてしまったのです。

麻痺している皮膚は血流も悪く、一度傷をつくってしまうとなかなか治らないのです。気がつくとどんどん悪化していき、形成外科の大手術を二回も受けることになりました。

手術の前後三ヶ月間はずっとベッドに寝たきりのまま、自分の意思では顔も動かせない状態でした。

せっかく乗れるようになった車いすもベッド脇に放ったらかしです。

悲しさやもどかしさは、猛烈な自己嫌悪に変わりました。

社会から遠ざかっていく。何をするにも他人に迷惑がかかる。誰からも必要とされていない自分。

「私って、生きている意味はあるのかな……」

昼間は家族や友人がお見舞いに来てくれるので、強がって笑っていました。

夕方四時から七時までの病院が薄暗くなる時間は、ぼやけていく天井を見つめながらいつも泣いていました。

気が遠くなるような時間をかけて、褥瘡は完治しました。

ですが待ちに待った外泊許可が出て自宅に帰ることができても、住み慣れたはずの我が家はちっともバリアフリーではありません。

台所に入って、子どもたちに食事を作ることも、もうできないのです。

結局、自宅でもベッドに寝ていることしかできず、すべての希望を断たれた気分でした。

絶望。

その時の私を表すとすれば、この言葉以外にはありません。

落ち込む私を見かねて、奈美がある提案をしてくれました。

「ママ、車いすに乗って街に行こうよ。買い物や食事をしよう」

私が乗る車いすを奈美が押してくれ、二人で神戸市三宮の繁華街に行くことになりました。

お互いに操作に慣れていなくて、いろんなところにぶつかったと思います。

最初は病院や自宅から出られたことが嬉しく、心を躍らせていました。

でも私と奈美のワクワクは、どんどん色を失っていきます。

「ママ、このお店でご飯食べようか。イタリアンだって」

「うん。……あっ、でも、入り口に階段があるよ」

こんな会話を一日に何度も繰り返しました。

入りたいお店はすぐ目の前にあるのに。歩いている時は気にも留めなかったような些細な段差や狭い通路に阻まれて、車いすでは入ることができません。

駅ではエレベーターを探すため、人混みの中を遠回りしてうろうろしました。

街には車いすにとってのバリアがどんなに多いのかを、この時の外出で初めて実感しました。

それと、他人の視線も気になりました。

車いすで移動していると、足早に歩いている人たちにぶつかりそうになります。

「すみません、通してください」

「ぶつかってしまって、ごめんなさい」

そうやって謝っていると、周りの人たちからじろじろと見られました。

誰かから視線を向けられるたびに「ああ、かわいそうな人なんだな」と言われているような被害妄想に私は取り憑かれていました。

命が助かってよかった、車いすがあればなんとでもなる……家族や友人には、強がってそう言っていました。

それは虚しい幻想だったのです。

「車いすがあればなんとかなるって言ったって、現実はなんともならないじゃない……」

込み上げる感情を押し殺して、私は俯きました。

ようやく車いすで入れるレストランを見つけて席につくと同時に、「もう無理」と初めて奈美の前で泣き崩れました。

「こんな状態で生きていくなんて無理だし、母親としてあなたにしてあげられることは何もない。もう死にたい。お願いだから、私が死んでも許して」

感情のままにぶつけてしまってから、しまったと思いました。

父親を亡くして、母親が倒れたという苦難の中にいる奈美に向かって、なんてことを口にしてしまったんだろうと。

申し訳なくて、向かいに座っている奈美の顔を見られませんでした。

きっと泣いているだろうと思いました。

「ママ、お願いだから死なないで」と縋《すが》られるんだろうとも思いました。

返事がないので恐る恐る視線を上げると、なんと奈美は泣きもせず、普通にパスタを食べていました。

驚いて言葉を失くしている私に向かって、奈美は言いました。

「ママ、死にたいなら死んでもいいよ」

私は耳を疑いました。

奈美は手にしたフォークを離さずに、続けます。

「ママがどんなにつらい思いで病院にいるか、私は知ってる。死んだ方が楽なくらい苦しいこともわかってる。なんなら一緒に死んであげてもいいよ」

奈美の目には、固い決意が宿っていました。

「でも、逆を考えてよ。もし私がママと同じ病気になったら、ママは私のことが嫌いになる？　面倒くさいと思う？」

「……思わないよ」

「それと一緒。ママが歩けなくてもいい、寝たきりでもいい。だってママに代わりはいないんだから。ママは二億パーセント大丈夫。私を信じて、もう少しだけ頑張って生きてみてよ」

二億パーセント大丈夫。

もちろんその言葉に明確な根拠はありません。

それでも、死んでもいいよと許されたことで、不思議なことに「死にたくない」という思いが湧き上がってきたのです。

良太を産んで途方に暮れた時、主人から「育てなくてもいい」と言われたことが脳裏をよぎりました。

「わかった。あなたを信じて、もう少し生きてみる」

私は奈美に伝えました。

予想だにしない選択肢を与えられたこと、押し殺していた本当の気持ちを話せたことで、私の心は空っぽになりました。すべてが一度、ゼロに戻りました。

私の生き方や考え方が大きく変わったのはそれからです。

歩けない私の蘇生

私は、歩けなくなった自分に何ができるのかを考え始めました。

絶望を取り払うには、失った存在意義をもう一度自分で取り戻さなければと思ったのです。

つらく孤独な入院生活の中で唯一救いだったのは、入れ替わり立ち替わり誰かがお見舞いに来てくれたことです。

かわいそうだと思われないように人前では無理してでも笑っていたので、「岸田さんの笑顔に励まされた」「もう駄目だと思っていたけど、岸田さんと話したらまだ頑張れると思った」と言ってもらえることが増えました。

何がそうさせるのか私には全くわからなかったので、不思議だったのですが。いつの間にか私の病室は、お悩み相談室みたいになっていました。整骨院の受付時代に起こったことと同じです。

一時期はお見舞いという名の個人相談の予約表ができていたくらいです。病院の先生や看護師さんたちまで、予約表に名前を連ねていました。

病室は相部屋で、私の向かいのベッドには吉田さんという七十歳くらいのお婆さんがいました。

リウマチを患っている吉田さんは、とても気さくで優しく、事あるごとに私に声をかけて励ましてくれました。

「岸田さーん、元気ぃー？」

気の抜けるような穏やかな声が、吉田さんとの会話が始まる合図です。

「岸田さんは退院したらどこに行きたいー？」

「私は家族で沖縄に行きたいですね」

「いいねえ、岸田さんなら行ける行けるー」

退院したら何をしたいか、何を食べたいか、吉田さんは未来を想像できるようなことをいつも尋ねてくれました。

「岸田さんはいつも明るくて、いっぱいの友だちに囲まれてるねえ。話してるだけで元気になれるわあ。岸田さんにはこれからよいことしかないから、心配しなくていいよおー」

ある日、吉田さんが言ってくれた言葉にハッとしました。

私はもう整体の施術をすることはできません。

それでも、人と話すことはベッドの上にいてもできることだと気づきました。

大切な人の話に耳を傾けることで役に立ちたい。

私は心理カウンセラーの勉強を始めました。

どんなアプローチがあるのかを調べている時間は、入院をして初めて前向きになれる時間でした。

私が選んだのはハコミセラピーでした。それはアメリカの博士が生んだ心理療法で、ハコミとは「あなたは何者か（Who are You ?）」という意味を持っています。

一人ひとりが持つペースを尊重しながら、自然に湧き上がってくる感情や身体の繊細な動き、イメージ、記憶にしっかりと寄り添うというそのコンセプトは今の私に合っている気がして、強く惹かれました。

相手の気持ちを自然に引き出す話し方、深い信頼関係の生み出し方など、人に寄り添う大切さを学ぶのはとても有意義でした。

人と向き合うというのは、自分と向き合うことでもあります。

私は長い時間をかけて少しずつ、自分の挫折や障害に向き合い、受け入れ始めていました。

セラピーの勉強と同時に、少しでも自分の可能性を広げることに注力しました。

自立生活を送るリハビリのため、私は兵庫県立総合リハビリテーションセンターに移りました。

一年も経てばひと通り、車いすでの移動や、自力でベッドへの移乗ができるようになりました。

私が次に挑戦したのは、車の運転です。

下半身に麻痺があって足が動かなくても、両手だけで運転できる車があると理学療法士さんから教えてもらった時は、目から鱗《うろこ》が落ちました。

右手でハンドルを掴《つか》み、左手でアクセルとブレーキの装置を操作しながら、再び自分で車の運転ができるようになった時、一気に目の前の世界が明るく広がりました。

リハビリは厳しく、時に痛みを伴うものでした。

日々新しく気づかされる「できない」と向き合っていかなければいけません。

家族と会える時間も、それまでの三分の一以下に減ってしまいました。

自分のためとはいえ、つらくて、寂しくて、病室で枕に顔を押し付けて泣いたこともあります。

そんな時に私を支えてくれたのは、イヤホンから流れてくる大好きなアーティストの歌でした。

歩いている時はコンサートに足を運んでいましたが、もう行けないんだと思い知らされることが怖くて、車いす生活になってからはしばらく遠ざかっていたのです。

何度でも　何度でも　僕は生まれ変わって行ける
そうだ　まだやりかけの未来がある（Mr.Children『蘇生』）

歩いていた時に聴いたのとは、全く別の印象を持ちました。できないことを嘆くんじゃない。私は生まれ変わるんだ。一度、落としてしまいそうになった命なんだから、こうなったらもう破れかぶれだ。暗い病室でそう心を奮い立たせ、また次の朝がやってきました。

ずっと探し求めていた言葉

長かった入院生活を終え、私は自宅に戻りました。

少しずつリフォームを進めていたので、私は一人で料理ができ、お風呂にも入ることができるようになっていきました。

もちろんすべてが完璧ということではありませんし、できるようになるまでは時間がかかりましたが、「一人でできる」という小さな達成感の積み重ねは何よりも私を勇気づけました。

退院から半年後。私はもみの木整骨院の仕事にも復帰しました。受付や簡単な事務作業ばかり、狭い院内では満足に動くこともできず歯がゆい思いをしていましたが、それは少しの間だけでした。

私は毎週、自分で車を運転してハコミセラピーの教室に通い、セラピストになるカリキュラムを修了しました。

「せっかくだから、整骨院の空いている部屋を使って、セラピーの活動をしてみたら？」

整骨院の院長の何気ない一言で、私は患者さんにセラピーをさせてもらえることになりました。

整骨院に通っている患者さんには身体の痛みがあるものの、同時に心の痛みも持ち合わせている方が多くいらっしゃったのです。特に女性が多かったと思います。

「肩こりと腰痛がひどくて治療を受けてるんですが、身体のだるさや目眩《めまい》もひどくなってきて……」

長く通っている女性の患者さんが、憔悴した様子で悩みを打ち明けてくれました。

その原因は更年期障害の症状の一つでもある、不定愁訴でした。不定という名前の通り、特定の病気としてまとめられない漠然とした身体の不調です。

「大きな病院で診察もしてもらったんですが、どこも身体は悪くないと言われました。でもやっぱりつらくて、滅入ってしまいます」

「わかりました。ではまず、不安に思っていることを思いつく限りなんでも私に話してください」

そして、私の第一回のセラピーが始まりました。

セラピーといっても、私がしていたことはアドバイスや指示をするのではなく、とにかく相手の話を丁寧に聞くということだけでした。

患者さんには言葉に詰まっても、漠然とした内容でも、思っていることをすべて吐き出してもらいました。

傾聴は私の得意なことであり、車いすに乗っていてもできることであり、入院中に最も磨くことができた能力でした。

不定愁訴はとりとめのない心の不安が原因であることも多く、対話を重ねるうちに彼女の体調はよくなっていきました。

「岸田先生のおかげで、誰にも言えなかった弱音や悩みを打ち明けることができました。毎週会えるのが本当に楽しみで、心が軽くなりました。本当にありがとうございます」

三ヶ月ほどして元気になった女性からいただいたお手紙に書かれていた言葉です。今でも宝物として大切に飾っています。

彼女以上に、誰よりも回復を喜んでいたのは私だったと思います。

ベッドの上で他人に手伝ってもらうことでしか生きることができなかった私でした。車いすで一歩外に出れば、人混みでぶつかってごめんなさいと頭を下げ続けていた私でした。

そんな私が、誰かから再び「ありがとう」と言ってもらえる日が来るなんて想像もしていなかったのです。

それはとても懐かしい響きで、心の奥底で私がずっと探し求めていた言葉だったのです。

第五章

すべてが転機に変わった日

人前で話してみよう

「一対一、目の前にいる一人に対してメッセージを伝えるセラピーもよいと思うけど、岸田さんが経験してきたことは多くの人に伝えてほしい。それが岸田さんの使命なんじゃないかな」

当時、ハコミセラピーのいろはを教えてくれた恩師・川口真由美先生から言われたことです。

さりげない会話の中でのことでしたから、その時はあまりピンときていませんでした。

私はまだ何も成し遂げているわけでもなく、人に自慢できる功績があったわけでもありません。ただ、やっとのところで死なないという選択をして生きていただけでした。

そんな私の話を聞きたいと思う人もいないだろうし、話す自信もないと思い込んでいたのです。

しかし、川口先生の一言が頭の片隅に残り、それから「話す」ということについて時折考えるようになりました。

「岸田さんだから悩みを話すことができたと思います」

ある日、私のセラピーを受けてくれた患者さんが言ってくれたのです。

「私だからというのはどういうことですか？」

「ご自身もご家族もこんなに大変な経験をされているのに、それでも元気でキラキラ輝いている岸田さんに勇気をもらったんです。私もまだまだ頑張れる、岸田さんみたいに不幸を跳ね返したいと思いました」

たどたどしくも、思い浮かんでくる言葉を拾い上げるように話してくれる患者さん。そこにはお世辞のようなものも感じられず、ただただ私は驚いていました。

かわいそうと思われたくない一心で、常に笑顔でいることは心がけていましたが、輝いているなんて自覚はなかったからです。

相手の話を聞くだけではなく、自分について話すという手段でも、誰かを元気づけることができる。思いもよらない発見でした。

「こんなことを川口先生と患者さんに言われたんだけど、大勢の人の前で話す練習もしてみようかなあ」

私の一番の相談相手は、大学二年生になっていた奈美でした。

洗い物か何かをしながら、なんとなく話しただけにすぎません。

「それ、いいじゃん。やろうよ」

奈美は二つ返事で言い、翌日には私が講演する舞台を見つけてきたのですから、我が娘ながら凄まじい行動力に脱帽しました。

始まりは大失敗

「このイベントで登壇者を募集してたから、ママを勝手にエントリーしておいたよ」

奈美が強引に見つけてきたのは、大阪にあるアサヒラボ・ガーデンで開かれる「OPEN EAT THINK」というトークイベントでした。

数人の登壇者が五分ずつ、自分についてプレゼンテーションするというものです。

まさかこんなにもトントン拍子に話が進むとは思っておらず、怖《お》じ気《け》づいている私に奈美は「大丈夫。登壇者に選ばれたんだから、自信を持って」と言いました。

後から聞かされて驚きましたが、登壇者は先着順で決められるので、特に私の何かが評価されたわけではありませんでした。

奈美が私を信じてくれただけのことです。

五分間で何を話そうか。私が最初にぶつかった壁でした。

「私の人生の出来事って重いよね……。五分だけじゃ、聞いてくれる人に暗い印象だけ与えてしまうかも」

「ポジティブに捉えればいいんじゃない？　不幸をあえて転機って呼ぶのはどう？」

相変わらず食事の手を止めないまま放たれる奈美の提案に、なるほどと膝を打ちました。

自分の障害については向き合うことはできても、まだ完全に受け入れることができていませんでした。でも、良太の子育てと主人の死からは多くのことを教えてもらったことに気づいていました。

物は言いようです。私は自分の人生に起こったことをあえて「転機」と呼んで、皆さんにお伝えすることにしました。

やっとのことで五分間の原稿と配布資料を作りましたが、肝心の内容がちっとも頭に入ってきません。

生まれて初めて大勢の人の前で話すということは、想像を絶するプレッシャーでした。

案の定、本番は大失敗をしてしまいました。

話し始めると頭が真っ白になって時間を大幅にオーバーし、原稿は途中で飛んでしまうという結果でした。

「やっぱり、私には向いていないかもしれない」

私は盛大に落ち込みました。

でも実は「これで終わらせたくない」という悔しさもほんのちょっとだけありました。

そんな私の思いを見抜いていたのかどうか、帰りの車の中で奈美が言いました。

「決めた。ママ、私の会社で働いてみない？」

娘の会社に入社する決断

話は少し遡ります。

この時の奈美は、関西学院大学人間福祉学部に通う大学生でした。

主人の影響で建築の領域に憧れていたはずの奈美が福祉の学部を選んだのは、他でもない私のためでした。

私に「二億パーセント大丈夫」という言葉を送ってから、奈美の口癖は「私がママのために新しい仕事をつくる。生きていてよかったって思わせるから」だったのです。

塾にも通わず、高校の先生からも「合格は厳しいから志望校を変更した方がよい」と言われるくらい学力も遠く及ばなかった中で、奈美が猛烈な勉強をして合格したことは、私が倒れてから一番嬉しかったことでした。

大学に入って間もない六月、奈美は二歳年上の垣内俊哉と民野剛郎という先輩の学生と出会い、ミライロという株式会社を設立していました。

十九歳という若さで学生起業に身を投じる奈美の決意と勇気は、相当なものだったと思います。

ミライロの理念は「バリアバリュー（障害を価値に変える）」。代表取締役社長を務める垣内は、自らも遺伝性の病気により車いすに乗っていました。

主な業務は、高齢者や障害者など、誰もが利用しやすいユニバーサルデザインのコンサルティングです。

設立から一、二年目は大学の講義が終わると奈美はすぐにオフィスへ行って、バリアフリーの地図を作ったり、施設を調査した報告書を徹夜でまとめたりしていました。ミライロの成長秘話と奈美たちの奮闘についてはここでは語りきれませんので、垣内の著書『バリアバリュー』（新潮社）をご覧ください。

奈美には悪いのですが、当時私はそんな彼女の姿を見ても「まあ、子どもの言うことだから……」と期待はしていませんでした。

ですから奈美に誘われた時、素直に喜ぶというよりも、半信半疑な気持ちが湧き上がりました。

「ちょっと待って。会社で働くって、私は何をしたらいいの？」

私は運転をしながら焦りを隠せず、奈美に尋ねました。

「今、新しく研修サービスを立ち上げているところなの。お客さんに車いすの扱い方や接し方を教えられる人が必要なんだ。ママが今まで外出で感じてきたつらい思いや気づきを、講師として伝えてほしい」

奈美は本気でした。

「大丈夫。ママなら絶対、大丈夫だから」

私の散々な講演を見て、奈美は何を思ったのでしょうか。流されるようにして、気がつけば私は垣内と民野と会うことになっていました。

「はじめまして。お母さんのお話は奈美さんからよく伺っています。お会いできて嬉しいです」

二人の物腰はとても丁寧ですが、とてつもない力強さがありました。単純に若さという言葉だけでは片づけられない、情熱を感じたのです。

本当にこの人たちなら社会を変えられるかもしれない、という直感がありました。

「より多くの人たちに僕たちの想いや、障害のある人々への向き合い方を伝えていきたい。そのために力を貸してくれませんか」

そう説明する垣内は当時、年間百回以上の講演活動をして全国から引っ張りだこでした。

本当に私なんかで、役に立つことができるのだろうか。

せっかく誘ってくれた奈美たちを失望させてしまったらどうしよう。

セラピーの活動との両立はどうしよう。

いろいろな迷いが胸の中で渦巻きましたが「とにかく一度、やってみよう」ということになりました。

垣内、民野、奈美の三人がこんな私を信じるという決断をしてくれたので、あれよあれよという間に私は講師としての第一歩を踏み出すことになりました。

本当の意味ですべてが「転機」に変わろうとしていたのです。

死なくてよかった

試しに一度という名目で引き受けることになったのは、とあるレジャー施設での研修でした。

千葉県に新しい店舗がオープンするので、そのスタッフに向けて、障害のあるお客様への向き合い方や接客手法を教えるという内容です。

「私がまず一時間話すから、ママは十五分話してね。自己紹介と、車いすに乗っていて困ることを伝えてほしい」

研修を一ヶ月後に控え、奈美が言いました。

「あと、パワーポイントでスライド資料も投影するから、それも作ってね」

「パワーポイントって何？」

「うそでしょ……？」

こんな調子です。一からパソコンの操作を教えてもらいました。

自分の写真をスライド資料に載せるだけで一時間以上かかってしまいました。

肝心の話すことだけは失敗してはいけない、と私はひたすら原稿を覚えることに集中しました。

十五分。短いようで、いざ暗記をして話してみるには、途方もなく長い時間です。

しかもお金をいただいて実施している研修ですから、持ち時間をオーバーするなんてもってのほかです。

私の失敗は奈美の失敗、引いては会社の失敗を意味しました。

東京に向かう新幹線の中でも、片時も原稿は手放せませんでした。

研修当日。

会場には百名以上のスタッフの方々が着席していました。

経験したことのない焦りを感じながら、私は話し始めました。

出だしの声は震えていたと思います。

「私は岸田ひろ実と申します。ご覧の通り、私は車いすに乗っています。今日は私に起こった転機と気づきを、皆さんにお伝えしたいと思います」

原稿を間違えないか、時間通りに終えることができるかで頭がいっぱいでした。

無意識に視界はとても狭くなり、パソコンの画面と時計ばかりを見ていたと思います。

スタッフの方々がどんな反応だったかはわからず、なんとか十五分の講演を終えた後もそわそわしていました。

その日はどっと疲れて、ホテルで泥のように眠りました。

翌日。私はオープンを間近に控えた店舗で、今度は車いすの押し方や持ち上げ方を教えていました。

すべての研修が終わった時、ある女性のスタッフが駆け寄ってくれました。

「昨日のお話、とても感動しました。岸田さんのようなお客様に思い切り楽しんでいただけるようなお店を作りたいと思います」

涙ながらに語るその女性を見て、強く握手をしながら私はもらい泣きをしてしまいました。

嬉しさ。達成感。不安からの解放。緊張で張り詰めていた神経が緩んで、いろんな感情が混ざり合いました。

それから百枚以上に及ぶアンケート用紙を受け取りました。手書きで様々なメッセージが添えられていました。

「私にも娘がいるので感情移入しました。お話を聞くことができて本当によかったです」

「車いすに乗っている人が困ることについて、よくわかりました。押し方のコツを直接教えてもらったので、自信を持って接客できそうです」

帰りの新幹線の中で一枚一枚目を通して、また涙が溢れました。

隣に座って心配そうに私を覗き込む奈美に向かって、言いました。

「今、車いすに乗っていて初めてよかったと思えたよ。こんな私でも必要としてくれる人たちがたくさんいるんだね」

「ママ……」

「私にこんな機会をつくってくれて、本当にありがとう。死なないでよかった。あなたのおかげだよ」

そう伝えると、奈美の目はみるみるうちに潤んでいきました。

泣きじゃくる奈美と二人で抱き合いながら、新幹線はまもなく新神戸駅に着こうとしていました。

二億パーセント大丈夫、が現実になった瞬間でした。

人生は必然の連続だった

そして私は、株式会社ミライロに入社させてもらうことを決めました。

最初は十五分だった講演が、三十分、一時間と長くなり、入社から三年経った今では、二時間の講演を年間百八十回以上行っています。

障害のある講師も私の他に十名以上増え、ありがたいことに指導を担当させてもらうこともあります。

でもそれは、決して私一人だけの力ではありません。

私に起こった出来事は、人によっては「不幸」と形容されるかもしれません。しかし同時にそれらは必然でもありました。

これを私は、三つの転機と名付けて、皆さんに伝えることにしました。

一つ目の転機。良太が生まれてから、私たち家族はとても生きやすくなりました。人と比べない。人と違っていていい。どうしようもないことを、自分のせいにして苦しまなくていい。そのことを最初に教えてくれたのが良太でした。

二つ目の転機。頼り切っていた主人が亡くなった時は途方に暮れましたが、時間が永遠ではないとわかってから、私たち親子は喧嘩をしても「ありがとう」「ごめんなさい」は必ずその日のうちに言うようになりました。後悔を減らすためには、時に思い切って勇気を出すことも必要なのでしょう。それは主人が教えてくれたのです。

三つ目の転機は私の後遺症ですが、つらい体験があったからこそ高齢者や障害者の実情やニーズがよくわかり、それらを代弁する講師として第一線で活躍できています。

私とミライロの縁を結んでくれたのは奈美でした。奈美は我が家で悲しい出来事が相次いでいる時に、嬉しい出来事をもたらそうと、大学に合格してくれました。垣内と民野と出会い、私が活躍できる環境をつくってくれました。

私の人生を振り返ると、どんな不幸なことも、それによって気づけた幸せなことも、すべてが必然だったのです。

だから今、私は悲しいことがあっても、その先にある未来に目を向けることができています。

【良太の成長日記 Vol.1】

初めてのお給料日

2016年4月から就労継続支援B型の作業所で働き、新たなスタートを切った良太。

最初は不安なのか行くことを躊躇していましたが、親子で試行錯誤を繰り返し、毎日作業所に行くことができました。

そして今日、初めてお給料をもらってきました。良太を褒めたたえました。

「何に使うの？」と聞くと、お家を買ってくれるそうです。奈美ちゃんと映画に行くそうです。そして私にはアイスを買ってくれるそうです。

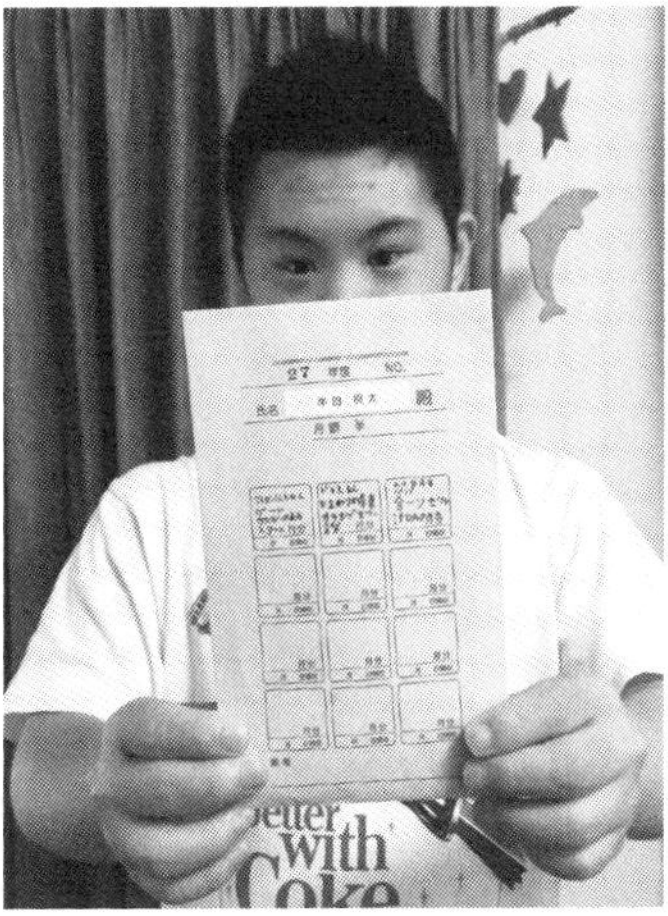

そのまま見守っていたら、とりあえず自分が欲しかったドラえもんのゲームソフトを買っていました。それはそれでよし、と。

まずはここまでこれたことに、感謝です。

※お給料袋に書いてある文字は良太の落書きです。

第Ⅱ部

ハードは変えられなくても
ハートは変えられる

第六章

子ども用の椅子でラーメンを食べる

「お腹すいたからラーメン屋さんに行こうよ」

ある日、奈美に誘われました。

近所のラーメン店がどうやら人気で、行列が絶えないそうでした。

並ぶことが苦手な私はなんとなく避けていたのですが、その日はたまたま空いていたので入ってみることにしました。

「いらっしゃいませー……あっ」

元気よく出迎えてくれた店員が、ぎょっとしたような表情に変わりました。

たった数秒でしたが、何か気まずそうにあちこち視線を巡らせています。

それもそのはずでした。

開いた扉の向こうに見えたのは、高いカウンター席と丸椅子。車いすで入れるようなテーブル席は見当たりません。

これは入ることができないとすぐにわかった私は、奈美に目配せをして「やめておきます」と店員に言いました。

振り返ろうとすると、店員さんが慌てて呼び止めるのです。

「ちょっと待ってください」

「えっ？」

「せっかく来てくださったんだから、ラーメンを食べてもらえないでしょうか」

「でも……」

「何かできることはないですか？　どうすればよいか教えてください」

そんなことを言われたのは初めてだったので、私も奈美も戸惑いました。

けれど、不思議と嫌な気持ちにはなりませんでした。

店員さんが困った顔ではなく、気さくな笑顔で尋ねてくれたからかもしれません。

「カウンターが高くて届かないので、低いテーブルはありませんか？」

「す、すみません。カウンターしかないんです」

「せめて背もたれのある椅子があれば、移乗できそうなのですが」

「背もたれですか？　うーん……」

店員は考え込みながら、店内を見回していました。

気づかいはとてもありがたいけれど、やっぱり無理だろうなと思っていると、店員さんが「あっ」とひときわ大きな声を上げたのです。

「この椅子は……どうですか？」

そう言って店員さんがおずおずと見せてくれたのは、子ども用の椅子でした。背もたれと肘掛けのみならず、足の置き場まであります。

確かに条件としては完璧です。

大人の私が座ることができれば、の話ですが。

「さすがにこれはまずいですよね、申し訳ありません」

店員さんがそう言って椅子を引っ込めようとしたのですが、今度は私が彼を呼び止めました。

「ちょっと待ってください。座れるかもしれないので、一回試させてください」

幸い、下半身が麻痺していることによって細身だった私は、奈美の手を借りてすっぽりと椅子に収まることができました。

奈美は大爆笑していましたが、これでなんとか美味しいラーメンを二人で食べることができました。

こういったカウンター席しかないお店ではいつも入店を断られていた私です。「入れない」「できない」の一点張りではなくて、「どうすれば入れるのか」を一緒に考えてくださった気持ちこそが、何よりも嬉しかったのです。

歩けないことは障害じゃない

別の日には、こんなこともありました。

美容室に行くため、予約の電話を入れることになりました。

行きつけの美容室が定休日で、その日は急用でどうしても新しい美容室を探さなければいけませんでした。

「もしもし、パーマの予約をしたいのですが」

「はい、それではお日にちの希望を教えてください」

「ええと、車いすに乗っているのですが入ることはできますか……？」

電話口の向こうで、あっ、と息を呑《の》むような声が聞こえました。

小さく「申し訳ございませんが……」とこぼすのを聞いて、ああこれは断られるパターンだなと直感しました。

しかし、続けられたのは意外な言葉でした。

「当店には入り口に二十センチくらいの段差が一段、店内にも同じ段差があります。このような状況で大変お恥ずかしいのですが、お越しいただくことはできますか？」

彼女は店内の設備を丁寧に説明してくれたのでした。

「それくらいの段差であれば、一人の方に押していただければ大丈夫です。お手伝いいただくことはできますか？」

「もちろんです。ぜひいらしてください」

私は無事に、その美容室で施術してもらうことができました。

この時もウエルカムな雰囲気で迎え入れてくださったこと、私が安心して訪れることができるようにいろいろと尋ねてくださったことが非常に嬉しかったのです。

私は車いすに乗っていて、歩くことができません。

階段しかないお店へは入れず悔しい思いをしたことが、何度もありました。

でも、段差や階段をなくすことができなかったとしても、人から手を貸してもらえば私は店内でラーメンを食べたり、髪の毛を切ってもらったりすることができるのです。

勇気を持って「手を貸してください」と伝えれば、そしてお店側が受け入れてくれれば、目の前にあるバリアを乗り越えられることに気がつきました。

大切なことは、できないと諦めるのではなく、歩み寄ることでした。

ハードは変えられなくても、ハートは変えられる。

この経験から、私が学んだことです。

ユニバーサルマナーという考え方

そんなハートの在り方に、私たちは名前をつけました。

高齢者や障害者など多様な方々に向き合い、適切な理解のもと行動すること。

それが「ユニバーサルマナー」です。

私が全国各地、企業から教育機関まで、ありとあらゆるところでお伝えしている考え方です。

本書を読んでいる皆さんにもぜひ、エッセンスを知ってもらいたいと思います。

日本では高齢者や障害者に対して、無関心か過剰かのどちらかになりがちです。無関心というのは、街で困っている人がいても見て見ぬフリをする、ないしは声すらかけられないこと。

一方で過剰というのは、そこまでしなくていいのにと半ばお節介とも言える手助けをしてしまう人です。

私も自分が歩くことができていた時は、無関心に近い対応をしていました。なぜならば「障害者について何も知らない私が、声をかけると迷惑になるんじゃないか」「失敗したら怒られるんじゃないか」と思い込んでいたからです。

無関心も過剰も、元をたどれば「何かしてあげたい」という優しさや思いやりが膨れ上がってしまった結果かもしれません。

でも残念ながら、どちらも正解ではないのです。

本当に求められているのは、その中間ともいえる、さりげない配慮です。

例えば私が飲食店に入った時。ほとんどの店員さんは、もともとあった椅子をサッと抜いて「こちらへどうぞ」とご案内してくれます。

私の場合は車いすのままテーブルにつくことが多いのでこれはありがたいのですが、

車いす利用者の中には席に移りたいという人もいます。あくまでも車いすは移動用のものなので、ずっと座っているとお尻が疲れます。特にご高齢の方は皮膚が薄くなってしまうので、車いすに乗りっぱなしだと褥瘡などの怪我にも繋がってしまいます。

そうすると、せっかくの親切なお声がけが、人によってはお節介になってしまうことがあります。

「車いすのままお食事をされますか？　それとも席に移られますか？」とまずは尋ねるのが丁寧な対応です。

ほかにも、聴覚障害のある方がお店に来られた時の対応があります。

自分は手話が使えないからとコミュニケーションを躊躇したり、本人ではなく付添人とだけ話したりしてしまう店員さんがいます。

私も整骨院の受付時代に聴覚障害のある患者さんが来られていたら、そうしてしまったかもしれません。

しかし聴覚障害のある方の多くは、筆談や口話など、どんな方法でもよいから自分と直接話してほしいと感じています。

大切なのは、無関心でも過剰でもなく、本人の気持ちと向き合うことです。

多様な人々に向き合うたった一言

そうはいっても、なかなか自分で判断するのは難しいですよね。

そこで私がいつも講演でお伝えしているのは、魔法の一言です。


「何かお手伝いできることはありますか?」


困っている障害のある方やご高齢の方を見つけたら、まずこう尋ねてください。

私と同じ車いすに乗っている方でも、感じていることや苦手なことはそれぞれ違います。

「何かをしてあげなくちゃいけない」と思い込んでいれば、それはもう過剰な配慮や押しつけになってしまう危険があります。まずは尋ねることが大切です。

ちなみにこの時「大丈夫ですか?」と尋ねると、人は反射的に「大丈夫です」と答えてしまいがちなので「(自分に)できることはあるか?」という聞き方だと相手は答えやすくなります。

ちょっとしたことを知っているだけで、私たちには今日からできることがあります。

こういった向き合い方を広めていくために、私は日本ユニバーサルマナー協会の理事に就任しました。現在はユニバーサルマナー検定として、どなたでも資格として取得できるようになっています。

二〇一六年四月には、嵐の櫻井翔さんにも受講いただきました。櫻井さんに車いすの持ち上げ方をレクチャーする時はとても緊張しましたが……。

「知的障害のある方への向き合い方を自分で勉強してきたのですが、質問させてくださ い」と休憩時間に櫻井さんが積極的に尋ねてくださった時は、良太のことを思い出して嬉しくなりました。

今は講師として皆さんにお伝えする立場ですが、私も日々ユニバーサルマナーを実践し、気づきを得ています。

例えば一緒に講義をしている、視覚障害のある講師・原口淳と移動する時でした。ある日、いろいろな偶然が重なって、私と原口がたった二人で駅から会社まで移動することになったのです。

原口は全く目が見えません。普段知らない場所を移動する時は、介助者の腕を持って誘導してもらうそうです。

困った私がオロオロして「どうしたらいい？」と尋ねると、原口は笑いながら「ここを持つとちょうどよいかも」と言って、私の車いすの取っ手を掴みました。

車いすに乗っている私にもできることがあるんだ、と張り詰めていた気が緩んだのを覚えています。

それ以来私は、原口と二人で移動することができるようになりました。すれ違う人たちには振り返られることも増えましたが、自分とは違う視点を持つ人と話して初めて気づくことも多々あります。

「俺、前を通るだけでコンビニの種類がわかるよ」

「すごい。どうやってわかるの？」

「ホットスナックの匂いと、レジの音が微妙に違うから」

最近原口に聞いて、羨ましいような、そうでもないような特技でした。

【良太の成長日記 Vol.2】

スーパー良太マン

今日は岐阜県に行って講演をしました。夜はより冷え込み、家の駐車場に着いた時には力が出ない〜……。

困ったなあと、思わず車の中から良太に電話をしました。というのも、駐車場から自宅までは急な坂道を上らなくてはいけないのです。

「わーった、まっとき」と一言残して電話を切る良太。

すぐに駐車場に迎えに来てくれ、車いすを押してくれました。困っている時は、必ず助けに来てくれる良太は私のスーパーマンです。

第七章

人前で話せるようになるまで

伝えられるチャンスを生かす

今私は自ら講演活動をしながら、二〇二〇年までに自分と同じく障害のある講師を百人育成するためのお手伝いをしています。

全く目の見えない講師や耳の聞こえない講師など、様々な障害を価値に変えている講師とともに切磋琢磨しています。

アドバイスをさせてもらう時、こんなふうに言われることもあります。

「岸田さんはどんなに大勢の前でも緊張しないし、もともと話すのが得意なんですね」

褒めていただけるのはとってもありがたいのですが、それは買いかぶりすぎです。

今でこそご縁とチャンスをいただいて、私は講師として活動していますが、三年前まではただの主婦でした。

整骨院でセラピーはしていたものの、一対一と、一対大勢で話すのとは勝手が全く違います。だから初舞台では大失敗をしてしまったわけです。

私自身はまだまだ自分が納得する講師像には程遠いのですが、少しでも近づくために日々気をつけていることはこんな具合です。

守破離を貫く

「守《しゅ》・破《は》・離《り》」とは、武道や禅の教えとして有名な言葉です。

昔から受け継がれている言葉だけあって、大切な意味が込められています。

守（基本）……決められた型や指導者の教えを守って繰り返し、基本を習得する段階。

破（応用）……守で身につけた基本に自分なりの工夫をして、徐々に基本を破って進化する段階。

離（独自性）……型や教えから離れ、オリジナルの個性を発揮する段階。

それぞれこのような解釈となります。

最初に「自分の講演をしなさい」と言われた時、とても苦労しました。私にしか伝えられないことって何だろう、どうすればうまい言い回しをつくれるのだろう、と四苦八苦しました。

やっと出来上がった原稿を前にしても、話すリハーサルをしても、自分がこれまで見てきた素晴らしい講師の方々と比べると格段に見劣りしてしまいます。

内容に自信が持てないから、自信を持って話せないという悪循環でした。

「やっぱり私は向いていないのかもしれない」と何度も頭を抱えました。ついには私には向いていない、という確信に変わってしまいました。

でも、それがかえってよかったのかもしれません。

私一人でできることには限界があるのだから、いっそ他者を真似てみようと開き直ることができたのです。

私にとって最も身近にいて尊敬する講師は、ミライロの代表・垣内でした。垣内に頼んで、垣内の九十分間の講演を録音させてもらいました。あとはそれをｉＰｏｄに取り込んで、イヤホンで聞き続けたのです。

時折、音声を原稿に書き起こしました。

五分聞いたら止めて、次は自分で同じ通りに話してみるのです。言葉だけではなく、話すスピードや声のトーンまで、全く同じになるように意識しました。

もちろん垣内にしか話せないようなオリジナルの部分もありましたが、ミライロの紹介や障害者を取り巻く社会背景などの解説は、私も話すことができます。

暇さえあればこの作業を繰り返しているうちに、私は垣内と同じ講演を丸々一本暗記してしまったのです。夢の中でも音声が流れるようになってしまった時はどうしようかと思いましたが……。

徹底的に真似ると不思議なことに、表面上ではわからなかったことも、なんとなくわかるようになってきます。

人に伝わりやすいように無駄を削ぎ落とした言葉、時間ぴったりに終わるように計算しつくされたテンポなどの工夫がそうです。

いくつかの講演を聞くうちに、講師の人柄や気遣いまで感じられました。心に残りやすい短い言葉を選ぶ人、会場をゆっくり見回して話す人、それらにはすべて意味がありました。

多くの人が感動する講演というのは、そうなるべくしてつくられているのでしょう。

入社後一年目はよいものを素直に取り入れ、自分のものにできるまで何度も噛み砕き、講演をしました。

自分のオリジナルの部分はひとまず置いておき、それ以外のお手本がある部分において百パーセントの完成度を目指しました。

これはすごいと唸らせるような講演はすぐにできなくても、最低条件である「聞きやすいスピードとトーンで話す」「原稿通りに話す」「時間を守る」ことは練習さえすれば私にもできることだと気づくと、気持ちが少し楽になりました。

謙虚でいることを忘れない

謙虚は、松下幸之助さんをはじめ数々の偉人の方々が口にしている言葉です。

入社してから全国各地に講演で伺うことが増えました。

ほとんどの場合、私は「岸田先生」と呼ばれます。大勢の人の前で話している以上、それは自然な現象ではあるのですが、私はいつも申し訳なさを感じています。

「私はまだ何も成し遂げていないし、偉くもないのに……」

私は、私が持っている先生というイメージからはかけ離れている自覚があります。

私が講演の冒頭でお話しするのは、先述した三つの転機についてです。

先生として「教える」というよりも「気づきを丁寧に伝える」「感じてもらう」という表現の方が、私ができることに近いと思いました。

ですから、自分の身の丈をしっかりと見つめ直し、講演を聞いていただくことへの感謝の気持ちを持ち続けています。

具体的には、講演が始まる前には「準備をしてくださってありがとうございます」という気持ち、終わったら「聞いてくださってありがとうございます」という気持ちを必ず声に出してお伝えしたいのです。

心の中でも落ち着いて言えるようになった今、たとえ自分には荷が重いかもしれないとプレッシャーに苛まれても「皆さんに恩返しするつもりで、自分にできることを精一杯やろう」と自分を奮い立たせることができるようになりました。

温もりがあるうちに振り返る

うまくいった講演も、そうでない講演も、必ず二十四時間以内に振り返るようにしています。

これは私自身との約束です。

私の振り返り方は二つあって、一つは録音した音声を自分で聞くことです。

話しているその時は必死でなかなか気づきませんが、些細な言葉選びの違い、同じことを二度繰り返している、「ええと」や「まあ」などの言葉のヒゲがついてしまうことがあります。

最初は振り返りの七割以上、今でも四割以上は反省ばかりで録音を聞くのがとても怖くて億劫です。

だからこそ、二十四時間以内なのです。講演を終えた時の拍手や皆さんの笑顔、会場の温もりが消えないうちに、振り返ってしまいます。

次はもっと喜んでもらおうと意気込むことができれば、それは勇気に変わります。

もう一つは、書いていただいたアンケートを読むことです。学校で講演をさせてもらった時は、千枚以上もの用紙をいただいて帰ります。

でも、最も嬉しいのは、ミライロのスタッフからもらうフィードバックかもしれません。もちろんどこの誰よりも厳しい内容ですが、今では指摘がないとかえって物足りず不安になってしまいます。

ここがよくない、というのは裏を返せば、もっとよくできるということです。改善を積み重ねていけば、更にレベルアップすることができます。

その喜びは減るどころか、上達に従って大きくなっていくのです。

会場を和らげる一石二鳥の表情

私にとって「守破離」でいうところの「離」にあたるかもしれません。

余裕を持って話すことができるようになった私は、笑顔をキープすることを意識しました。

私の持つストーリーは障害や死にまつわる部分も多いので、どうしても重くて暗くなってしまいます。

でも私は、聞いている人に悲しい気持ちになってもらいたいわけでも、かわいそうだと思ってもらいたいわけでもありません。

私は周りの人たちを元気にしたい、少しでも役に立ちたいと思って、講師を始めました。

私にとってはもう受け入れた障害や死も、暗く語れば人の心に嫌な何かを引き起こしてしまいます。

私が笑顔で語れば、聞いている皆さんの表情もフッと和らぎます。

表情が和らげば会場の空気も和らぎ、私の気持ちも和らいでいくのですからこれは一石二鳥です。

とはいえ、急に満面の笑みで話し始めるのもぎこちないので、「今日はあいさつのところだけでも笑顔を意識しよう」とたくさん意識して経験を積み、身体で覚えていくことが近道でした。


いざ書き連ねてみると、特別なことは何もないと改めて感じました。

ただ私にとって「聞くこと」「話すこと」は歩けなくてもできることで、自分の存在意義を取り戻す唯一の希望でした。

自分にはできないかもしれないと後ろ向きになった時、この言葉を思い出しました。

Watch your thoughts, for they become words.
Watch your words, for they become actions.
Watch your actions, for they become habits.
Watch your habits, for they become character.
Watch your character, for it becomes your destiny.
（考えは言葉となり、言葉は行動となり、行動は習慣となり、習慣は人格となり、人格は運命となる）

イギリス初の女性首相マーガレット・サッチャーの言葉といわれています。
意識が行動を変え、行動が習慣を変えていくと彼女は言います。
運命を変えていくにはまず、自分を信じて考えを深めることだと、私は私を勇気づけてきました。

日々、私を成長させてくださる皆さんとお会いできることを、心から楽しみにしています。

【良太の成長日記 Vol.3】

デジタル時計であと何分

良太が就労支援センターで働き始めて、早2ヶ月。

毎日、毎日、まずは家を出ることから始めて、車で送っていき、バスに乗る練習をしつつ、遅刻しながらも通えるようになり……ようやく先週から一人でバスに乗って作業所に通えるようになりました！　バンザーイ！

一人で行けるようになった最も効果的なアイテムはデジタル腕時計です。

私から「もう行くよ！」「早く着替えて」「歯は磨いた？」とたくさんの言葉で指示すると、良太はかえって固まって動かなくなってしまいます。

そこで、時間を自分で意識してもらおうと、腕時計を一緒に選んで買いました。

それからです、だんだんと時間というか、数字を意識して動けるようになりました。

「腕時計の数字が８時になったら、ＧＯだよ！」

「オッケー！」

第八章

巡り巡って、ミャンマー

きっかけがチャンスに

「岸田さん、一緒にミャンマーへ行きませんか？」

日本財団の理事長・尾形武寿さんと、常務理事・大野修一さん（現笹川平和財団・理事長）から声をかけていただいたのは、二〇一六年二月、お食事の席でのことでした。三十年以上前からハンセン病患者への医療支援活動を開始して以来、ミャンマーで積極的に活動する日本財団のお話を伺っている最中です。

「ミャンマー……ですか？」

「岸田さんのお話はミャンマーに住む障害のある方や、そのご両親にとってすごくよい刺激になると思うんです」

日本財団は三十年以上前から、ミャンマーに対しハンセン病制圧のための支援を始めていました。軍事政権の時代も、医療支援、教育支援、そして障害者支援などを続け、ミャンマーの人々と強い信頼関係を築いています。

私はそれまでアジア諸外国へは行ったことがなく、ミャンマーという国に対して持っているイメージも乏しいものでした。

どうお返事してよいか迷っていると、今度は大野さんが話してくださいました。

「私たちはただ資金を援助して終わりではなく、その地の未来を引っ張っていける人材や技術を育成しています。援助のプロとして、ミャンマーの障害のある人々や情熱的な若者にこそ岸田さんを引き合わせたい」

お二人から誘われ、こんな私でも役に立てることがあるのなら、行ってみたいという気持ちが急に強くなりました。

「わかりました。ぜひ行かせてください」

雨季が終わるのを待ち、その年の十一月。

私は奈美とミャンマーに発つことになりました。

首都ヤンゴンに向かう飛行機の中で、私には期待と不安が入り混じっていました。

ミャンマーはアジア最貧国です。交通インフラも整ってはいません。もちろん、街のバリアフリーの状況も日本に比べれば劣悪であろうことは予想できました。とても障害者が容易に外出できる環境ではないでしょう。

五日間も車いすで過ごすことができるんだろうか。皆さんに迷惑をかけないだろうか。そんなことばかりを考えていました。

「岸田さん、ミャンマーへようこそ！」

空港で大野さんに出迎えていただき、不安と緊張は少し和らぎました。

ミャンマーに何度も赴いている大野さん。不慣れな私と奈美のために、今回の出張を綿密にコーディネートしてくださいました。

それこそ仕事だけではなくよく効く虫除けスプレーや、百円で買える美味しいピーナッツ飴に至るまでです。現地の観光ガイドより頼もしく、バラエティーに富んだアドバイスは、大野さんのミャンマーへの深い愛しさと親しみを感じました。

初めて見るミャンマーの景色。街では人も車もひっきりなしに行き交っていて活気がありました。

「わあ、日本の運送会社のバスが走ってる。ミャンマーにも進出してるんですね」

窓の外を眺めながら私が言うと、大野さんが振り向いて笑いました。

「あれは日本から輸入された中古車両ですよ。漢字が格好よいから、外装はそのままにしてるんでしょうね。この間は日本の幼稚園バスに、大人たちが続々と乗り込んでました」

「えっ……」

早速、ミャンマーの不思議な洗礼も受けました。

日常と輪廻転生

初日をヤンゴンで過ごし、翌日は国内線の飛行機を乗り継いでマンダレーへと移動しました。

「ミャンマーは敬虔《けいけん》な仏教徒の多い国です。輪廻転生《りんねてんしょう》という概念があるので、障害者というのは前世で悪いことをした人と思われることもあるんです」

移動の車内でそう教えてくれたのは、出張中の通訳を務めてくださったミャンマー人のモンさんでした。彼女は今日のために私が掲載された新聞記事や雑誌を丁寧に読み込んでくれ、初めて会ったとは思えないほど打ち解けた女性でした。

私は輪廻転生の概念を聞き、衝撃を受けました。

日本での考え方とはあまりにも違うからです。ミャンマーで障害者として生きることの想像を絶する苦難を感じていました。

最初の訪問先は「マンダレー盲人マッサージ師養成学校」です。

そこでは、二十名以上の視覚障害のある人々が、医療マッサージ師になる勉強に励んでいました。マッサージ業は日本においても、視覚障害者の伝統的な仕事です。

最初に尾形さんによるスピーチを聞きました。

その場にいた誰もが聞き入っている姿や、親しげに名前を呼んでいる姿を見ると、尾形さんたちが行ってきた活動を窺い知ることができました。

私は職員と学生の皆さんに向けて、簡単に自己紹介のスピーチをさせていただきました。

学長からはこんな感想をもらいました。

「ありのままの岸田さんのメッセージを、ぜひミャンマー中に、世界中に伝えてほしいです。二億パーセント大丈夫ですよ！」

まさか奈美からもらった「二億パーセント大丈夫」をビルマ語で言われる日が来るとは思わず、嬉しくて不思議な気持ちになりました。

「ここで学んでいる学生さんたちの中には、目が見えないせいで村から厄介者扱いされてきた人も少なくありません。マッサージを学び、職を得ることは彼らにとって大きな希望なんですよ」

学長の説明を聞き、私はハッとしました。ミャンマーの街の設備は、五十年前の日本と似ています。歩道の段差や破損は当たり前で、私は一人で移動することができません。

国内線空港は特に設備も古く、車いすでの移動が阻まれることが多々ありました。搭乗手続きにおいても、不慣れな様子でした。

裏を返せば、それだけ障害者が公共交通機関を利用する機会が少ないのかもしれません。

実際、翌日からは郊外の村も訪問しましたが、障害者を一度も見かけることはありませんでした。住んでいても、家族が外に連れ出さないそうです。生きていくだけでもやっとの環境。それが今のミャンマーです。

視覚障害のある学生の皆さんは、私たちに歌を歌ってくれました。この日のためにオリジナルの歌詞を作ってくれたのです。

弱い人たちとともに進む、あなたたちの姿を尊敬します。

地球の中の一つの家族として、私たちを支えてくれました。障害のある人たちの人生、進む道を導いてくれました。どうかゴールまで、一緒に手をつないで。新しい力で、多くの人のために未来を担っていきましょう。

モンさんの通訳に聞き入りながら、気がついたら私は涙を流していました。感動、感謝、そういった言葉だけでは気持ちを表すことができません。言うなればそれは「この国で私ができることは、一体なんなんだろう……」というもどかしさに近いものでした。

良太はヒーロー

ヤンゴンへ戻った私は、知的障害のある子どもたちの生活訓練施設New Worldを訪問しました。数年前に亡くなった日本人女性の遺言に従い、日本財団が届けた一億五千万円の遺贈資産を使って完成した施設です。

ホールには知的障害のある子どものご両親が百五十名も集まってくれていました。

私はそこで九十分間の講演をさせてもらったのです。

正直に言うと、前日まで私は何を話すべきか迷っていました。

でも昨日学長からいただいた「ありのままの岸田さんのメッセージを伝えてほしいです」という言葉を思い出しました。

私が迷ったり、悲しそうにしたりするわけにはいきません。自分が希望を持っていなければ、他人に希望を感じてもらうことはできないからです。

講演では、私の人生と気づきについてお伝えしました。特に良太の子育てや彼の生き方についてがほとんどになりました。

当時二十歳になった良太は就労支援を受けながら、地域で庭園の整備や簡単な作業の仕事をしていました。

壇上にいても、聞いてくださっている皆さん一人ひとりの顔がわかりました。

頷きながら真剣な表情で耳を傾けてくれたお母さんたちが、涙ぐみながら私の手を取ってくださるのです。

「私と岸田さんの境遇は全く同じで、気持ちがわかります。子どもが働くなんてできっこない……と思っていたのですが、良太くんの話を聞いて目から鱗が落ちました。どうしたら社会に馴染めますか？」

「良太くんは学校の勉強はどうしていたんですか？　友だちと喧嘩することはありましたか？　私の子どもも良太くんみたいに育てたいです」

「私の子どもは絵を描くのが得意なんです。良太くんは何が得意ですか？」

お母さんたちの質問は、次の移動時間がくるギリギリまで絶えませんでした。まさか全く行ったことがない国でこんなに人気者になるなんて、私は想像していませんでした。それはきっと良太もだと思います。

ミャンマーにおける知的障害者の就職は、絶望的な状況です。お母さんたちにとって、支援を受けながらも働いている良太の姿は希望そのもののようでした。

とにかく話を聞いてほしい、と昼ご飯に手をつけることも忘れて、懇々と悩みを吐露してくれるお母さん。二十年前の私と重なりました。

良太を産んだ時、私は誰にも悩みを打ち明けることができず、社会から隔離されていくことが一番の悲しみでした。良太と一緒に消えてしまいたいとさえ思った過去が、こんなふうに自分と同じ境遇の皆さんの役に立つのであれば、すべてを話したいと思いました。

私は今でこそ良太と幸せに暮らすことができていますが「知的障害のある子どもを産んでよかった」と言えるかと問われれば、わかりません。

知的障害があることによって良太は少なからず苦労をしたでしょうし、私も何度も涙を流しました。

お母さんたちの涙を見ても、知的障害のある子どもを育てるには、苦労と不安があることは明らかです。

それでも私は、良太から教えてもらったかけがえのない学びのおかげで、今を楽しく生きることができています。

反対に言えば、良太の人生をどう受け取り見守るかは、親である私たちにしかできないことです。

良太は周りの人たちに恵まれてきました。それは私が無意識に「できないこと」ではなく「できること」を考え続けたことにあるかもしれないと気づきました。

足し算や漢字の書き取りはできなくても、あいさつはできる。自分で身の回りを綺麗にすることができるんだから、きっと掃除もできる。

私と良太の目の前にあったすべての道は、正しい道なのでしょう。私がそうしたいと願って選べば、どんな道もよい道になります。

「今ある逆境の中で、一つでも多くのできることをともに考えましょう。大好きな子どもたちのために」

お母さんたちに向けた言葉でもあり、私自身に向けた言葉でもありました。

おれのない理由

ふと生まれた気づきが、確信に変わったのは国内線航空機の中でした。通路を挟んで隣の席にお母さんが座っていました。彼女が抱いていた赤ちゃんが突然、泣き出してしまったのです。

何をしても泣き止まないので途方に暮れているお母さんを見て、私はあやすのを手伝うことにしました。

どういう訳か私は昔から、赤ちゃんに好かれるのです。最近は車いすに乗るとベビーカーに乗る赤ちゃんや小さな子どもと目線があうので、さらに興味津々で見つめられるようになりました。

いないいないばあーをしてみたり、手遊びをしてみたり。

やがて赤ちゃんは泣き止みました。

日本であればこの後、どのような光景を想像するでしょうか。「ありがとう」と御礼を言う、会釈をする、といったことが一般的だと思います。

お母さんは何も言わず、当たり前のように席へと戻りました。でもこれは、彼女が冷たいというわけではないのです。

私はミャンマーで過ごした五日間、ホテルの外で車いすをこぐことはほとんどありませんでした。時間にすると五分もなかったと思います。

どの街でも、どんな人混みでも、どこからともなくミャンマー人がやって来てくれて車いすを押してくれるのです。お店の方だけではなく、老若男女に限らず誰でもです。

障害者を見かけた時、どうしても躊躇してしまうことが多い日本と比べると、その違いは顕著です。

助けてもらった時、私がミャンマー語で「ありがとう（チェーズティンバーデー）」

と伝えると、一瞬びっくりしたような顔をした後、ニッコリと微笑んでくれる人が多いのです。

二〇一四年にイギリスのチャリティーズエイド財団が発表した「ワールド・ギビング・インデックス（最も施しをした指標）」によると、一位がミャンマーです。つまり他人に対して寄付をする、ボランティアに時間を費やす意識が最も強い国民性ということになります。

これにはミャンマーの宗教文化が影響しています。自身が徳を積み、よりよい来世を送るためには、僧侶や恵まれない人に寄付をすること、助けることが重要なのです。

彼らにとって、困っている人がいれば助けるのが当たり前であり、反対に助けられることも当たり前なのです。だから過剰にお礼を言われることもないのでしょう。

深く根付いている助け合いの文化。お礼を言われないのにちっとも嫌な気持ちにならないのは、不思議な経験でした。

ユニバーサルマナーがいらない国

助け合いの文化と同時に思い浮かんだのは、昨年旅行会社とのタイアップツアーの業務で訪れた、アメリカ・ハワイの光景です。

街の店や駅は年季が入っていて古く、使いづらい場面も多々あったのですが、そんな時は道行く人々が笑顔でサッと手伝ってくれるので不便を感じることはありませんでした。

ハワイには広い心で寛容に許し、お互いを助け合うアロハの精神があります。それは車の譲り合いにも表れていて、どんなに忙しい時間帯でもクラクションの音を聞くことはほとんどありません。

さらに言えばアメリカでは、一九九〇年からADA法（障害による差別を禁止する公民権法、公共施設のバリアフリー化の義務づけ等）という法律の後押しもあるのです。

では一方で、日本はどうでしょうか。

日本で多く信仰されている仏教は、ミャンマーのそれとは少し違います。宗教感があるから人助けをする、という考え方はあまり一般的ではないでしょう。

法律については、二〇一六年四月から障害者差別解消法が施行されました。十年以上前から施行されていたハード面における法律とは異なり、この法律ではハートのバリアフリーの重要性にも触れています。アメリカに比べると後発であり、国内での認知率も残念ながらまだ高くありません。

ミャンマーには宗教文化が、アメリカには法律の背景がありました。

でも日本には、困っている障害者に気軽に声をかける文化の土壌がありません。

それが無関心と過剰の両極端になってしまう理由です。

だからこそ私たちがユニバーサルマナーを伝え、土壌を耕していく意味があるのでしょう。

世界中で最もハード面のユニバーサルデザインが整っている日本なりの、日本にしかできない「ハートの在り方」があると考えています。

お世辞にもミャンマーのハード面は整っているとは言えません。しかし、それを補って余りあるハートに助けられ、私は出張の日々を過ごすことができました。

障害者が、その家族が、いきいきと暮らせる社会の実現には、国ごとの文化や特性を見抜いて吟味しなければならないのです。

この気づきは、とても大きいものでした。

祈りのある朝

早朝、私と奈美はシュエダゴン・パゴダ（仏塔）を訪れました。

パゴダでは国籍・身分に関係なく、すべての人が裸足でお参りするのが決まりです。

「車いすに乗っているあなたも、靴は脱いでくださいね」

入り口でそう言われて、私と奈美は顔を見合わせて笑いました。車いすに乗っていても、他の皆さんと平等に扱ってくれることがかえって嬉しかったのです。

洋服に身を包んだ人、ロンジーという民族衣装を巻きつけた人、若い女性のグループ、老夫婦。

ありとあらゆる人々が皆同じように座り込んで、ある人は静かに金色の塔を眺め、ある人は額を地面につけて思いを馳せていました。

ここでも車いすに乗っている人も何人か見かけましたが、その全員が外国人観光客でした。

ミャンマーの人々にとって、祈り、瞑想し、心を豊かに持つことはごく自然な生活の一部になっています。自分のために、あるいは息子や娘、大切な人のために。

祈りとは、神格化されたものに対して、何かの実現を願うことをいいます。

祈りとは、期待です。その期待を神様に届けるために、改めて胸の内で「自分はなぜそれを求めるのだろうか」「今の自分に何が足りていないのだろうか」と整理して考えます。

思えば大動脈解離を発症し、病院に寝たきりで絶望していた私は、祈ることさえできませんでした。

涙を流し、天井を見つめながら、こんなはずじゃないのにと現実を憂うことしかできなかったのです。それはとてもつらく、苦しいものでした。

それでは私はいつから祈るようになったのか。改めて考えれば「人の役に立ちたい」「奈美や良太のお母さんとして何かしてあげたい」という願いが生まれた頃からです。

人は、他者のために祈ることで、より純粋に、より強くなれるのだと私は確信しています。

私にとって祈りとは、自分を静かに見つめ直し、悲しみに立ち向かうことでした。歩けない私が、前に進む方法でもありました。

「ねえ、ママ。私が生まれた曜日って覚えてる？」

花を片手に、奈美が言いました。

ミャンマーでは生まれた曜日が重要視され、パゴダの中でも祈りを捧げる神像がそれぞれ違うのです。

「一九九一年七月二十五日の木曜日だよ。大阪で天神祭があった暑い日の朝」

「さすが、よく覚えてるね」

奈美が驚いた顔で言いました。

「ひと目見てパパにそっくりだったからね。もう何もいらないって思えるくらい幸せだったからね」

二人で花を供え、目を閉じ、手を合わせました。静かな祈りの時間でした。

白と金色の建物の隙間から、太陽が覗きました。金色の屋根に反射して、じりじりと焼き付けるような日差しが降り注ぎます。

私は、ミャンマーで出会った人々のことを祈りました。

今の私には彼らに自分の話を伝える以外、何もできることはありませんでした。障害者が不自由なく、不安なく過ごせる社会を実現するのは遠く険しい道のりです。八年前、奈美と街に出れば人混みをかき分けるようにして移動し、誰かにぶつかるたびに「すみません」「ごめんなさい」と頭を下げ続けていました。言葉にするたびに、自分自身の心がすり減っていくような苦い記憶です。

この国を訪れてから私は幾度となく「ありがとう」と口にしていました。そして境遇が同じお母さんたちから、尊敬の眼差しで見られました。

つらかったはずの過去の日々の記憶が、形を変えたのです。

関わってくださった皆様に恩返しを、という祈りは今日も続きます。

空港に向かうために乗り込んだバス。ふと視線を上げれば、埃まみれの見慣れた漢字が目に入りました。

それは、日本で五年前に使用されていた路線バスだったのです。

「次止まります」「ドライブレコーダー動作中」などのおよそ今ここでは使われていない機能の表示もそのまま残っていて、微笑ましくなりました。

何よりも私が驚いたのは乗降時です。ノンステップやスロープの設備もそのままで、私は車いすのままスムーズにバスへ乗り込むことができたのです。

段差では車いすを持ち上げてもらうことが常だったこの国では、めずらしい経験でした。

日本が五年前に生み出したバリアフリーの設備が、巡り巡って、ミャンマーの障害者の移動を支えているのです。

その事実を肌で感じ、私は確かな希望を持ちました。

私がこれから日本に戻って伝えていくこと、歩んでいく道も、きっといつか誰かの役に立つはずなんだ。

それもまた、心からの祈りでした。

【良太の成長日記 Vol.4】

イケてる日と、イケてない日

　良太と一緒に出かける時は、いつも良太が最高にうまく車いすを車に積み込んでくれます。イケてる日の良太です。

　では、イケてない日の良太はといえば。

　今日は朝から仕事に行かないと、岩のように座り込みを開始。これを許すとズルズルと休んでしまうパターンに陥ります。

　なので、母はここからが勝負なのです。

　だいたいこうなります。

●叱る→岩状態がさらに悪化して継続

●おだてる→調子に乗って休む気満々になる

●お願いしてみる→無視される

　1、2時間にわたる、母と息子の勝負です。

●私のテンションを上げ、楽しい提案をたくさん持ちかける→良太のスイッチがONになってようやく動き始める

　最終的に私が勝利できました。何に勝ったかというと、私自身に勝ったということです。

　とことん良太と向き合い、良太をその気にさせたという達成感で今日はいい一日を過ごせました。講演の仕事がない日のささやかな楽しみです。

終章

いつか美しくなる、今へ

不幸と絶望は違う

生まれてからこの本を書くまでの四十九年間。

一番つらかったことは何かと聞かれると、私は迷わずこう答えます。

「誰からも必要とされないことです」

私はとにかく大切な人の役に立ちたかったのです。

ご飯を作って家族に食べてもらえる、買い物に付き合ってと友人から誘われる、仕事の進め方で相談したいと同僚に頼られる、そんな些細なことです。

歩いていた頃は当たり前のように起こっていたそれらが、突然途絶えた日。ベッドの上、自分で動くことさえできなかった入院生活こそが、私にとって最もつらい日々であり、絶望に他なりませんでした。

ここで一つ、触れておきたいことがあります。

不幸と絶望は、全く違うものだということです。

「岸田さんは、不幸な人生を乗り越えてこられたんですね」と言ってもらうことがあります。

不幸とは、書いて字のごとく幸せではないこと。幸せではないというのは、恵まれていないこと。

私は恵まれていなかったのでしょうか。そうは思えません。育ててくれた両親がいて、最大の味方になってくれる主人と巡り合うことができ、奈美と良太という最愛の子どもたちと暮らし、応援してくれる友人や同僚がいます。

突然の病でこの世を去った主人は、自分でどうすることもできなかったので、不幸といえるかもしれません。

でも私は、一度も自分が不幸だと思ったことなどないのです。

もしこれを読んでいるあなたが、自分は不幸だと嘆きそうになった時。

不幸にならないために私が伝えられることは「絶望しないこと」です。

絶望とは、希望を失うこと。望みが絶えること。

裏を返せば失わないようにする、絶やさないようにするのは、私たちの努力でどうとでもなると思います。ないものではなくあるものに、できないことではなくできることに目を向けることが私の努力でした。

絶望には、誰でも抗うことができるのです。

そして絶望に抗う意志の力は、私たちが思っているよりずっと、大きな幸せをもたらすファクターとなります。

人の気持ちはわからないもの

私が何度も私に言い聞かせるのが、受け取り方を変えるのは自分自身であること。

よく、人の気持ちを理解しよう、という言葉を耳にします。

私も歩いていた時は、人の気持ちがわかると思っていました。むしろ、自分の言葉で話せない良太を守るんだからわかってあげなければいけない、整体の施術をしていたのだからわかってあげなければいけないとも思っていました。

その考え方が百八十度変わったのは、車いす生活になってからです。

「岸田さんなら、歩けなくてもきっと幸せになれるから大丈夫」

「岸田さんの気持ちはよくわかる、私もつらい時期があったから」

ベッドの上にいる私に、いろんな人がいろんな励ましの言葉をくれました。

その思いやりはありがたかったのですが、どれも心には届かないのです。

私のつらさをわかってもいないのに、勝手なことを言わないで！　と、悲しみを通り越して怒りすら湧き起こってしまうのです。

私の気持ちを一番わかっているのは、他ならぬ私です。

歩けないことを私自身が受け入れ、認めることができていない以上、その悲しみはどうやっても癒やすことはできません。

「あの時、もっと健康に気を配っていれば」「働くことをやめていたら」と過ぎたことに幾重にも理由をつけて、誰かのせいにしていても仕方がないのです。

悲しみを救うための方法は、自分で自分を許すことだと私は気づきました。

すべては自分で選んだ道。これできっとよかったのだと自分を許し、肯定すること。

それには時に大きな勇気と痛みを伴います。

もし大切な人が、その葛藤に苦しんでいたら、気持ちはわからなくても、寄り添うことはできます。

その人の話に、余すところなく耳を傾けてください。そしてその人が信じようとする道を、その人以上に信じてあげてください。

私たちはみんな、心の底から生まれてくる「大丈夫だ」という希望を、大切な人に肯定してもらいたいのです。

思考が変われば、結果が変わった

「不幸だ」「絶望だ」と思う出来事があった時は、少し考え方を変えてみるようにしています。

例えば私の場合は
【出来事】病気の後遺症で歩けなくなった
【結果】この先の人生は真っ暗、絶望だ
と考えていたわけです。

しかし実は、この出来事と結果の間に思考が存在します。

【出来事】病気の後遺症で歩けなくなった
【思考】一人で何もできないし、誰からも必要とされないだろう
【結果】この先の人生は真っ暗、絶望だ

私は無意識に、こう捉えていたわけです。

思考をよいものに変えると、結果もよいものに変えていけるのです。

【出来事】病気の後遺症で歩けなくなった
【思考】今までとは違う人生を生きるチャンスかもしれない
【結果】歩けない私にしかできないことを見つけよう

こうして私は、病院のベッドの上で立ち直るきっかけを見つけました。

この考え方はＡＢＣ理論といって、アメリカの心理セラピスト、アルバート・エリスが提唱しています。

人生に起こる出来事は決まっていて、よいことも悪いことも必然だと私は考えてい

ます。人生から逃げることはできません。

悪いことは起こってしまえば、もう変えられない。でも自分の考え方だけは変えられると気づいた時、私はとても楽になりました。

プラス思考に変えることで、不幸や絶望に逃げずとも抗うことができるのでした。

見つめ直すことは、願うこと

思考を変えてみる、というのは今ある状況を落ち着いて客観的に見つめ直してみることでした。

現在の状況に少しでも幸せを感じなければ、なかなか前向きにはなれないですよね。

私の場合もそうでした。

病室にいた頃、私は自分に何ができるのかわかりませんでした。

何ができるのかわからない、だから何をしたいのかもわからないのです。

そこで、無理矢理にでも「したいこと」を書き出しました。

まず明日、何をしたいか。

病院の一階にある売店へ行きたい。みかんゼリーを買いたい。

その次の日、何をしたいか。

家族がお見舞いに来たら、病院の玄関まで見送りたい。

ほんのちょっとしたことですが、書き出してみると「ああ、自分にはまだやりたいことがあったんだ」と初めて気づきました。

それらを実行できると、小さな達成感が生まれます。

書くことで、達成感を積み重ねることで、だんだんとワクワクしてくるのです。

ワクワクは「じゃあ次もやってみよう」「もっとできるはずだ」と私をポジティブにさせてくれます。

明日何をしたいかは、来週何をしたいかに。

来月何をしたいのかは、来年何をしたいのかに。

長い時間をかけて、私は遠い未来の自分に期待することができるようになりました。

強力な根拠は、小さな達成感を積み重ねてきた自分自身です。

願いを書き出すことは、私を前に歩ませるために必要な儀式となりました。

今では、一ヶ月に一度、新月の日には願いごとを十個書くと決めて続けています。

自慢ではありませんが、今のところ三年以内にはほとんど叶いました。

手帳を開けば、九年前に書き残したのは「本を書くこと」でした。

感謝が私を強くする

私の願いを叶えてくれたのは、私です。

私はまず、自分に素直で優しくあること、そして誰よりも自分の味方にならなければいけないのでしょう。

自分の味方になる簡単な方法は、感謝の気持ちを持つことです。

主人を亡くし、歩けなくなった私にとって、当たり前のことが当たり前でなくなる瞬間はいつ起こってもおかしくない恐ろしいものです。

一日が無事に終わった、仕事が最後までできた、楽しいと思えた。些細なことにも感謝をするようにしています。

そして、自分を取り巻く周りのすべてにも。

今日から取り組める第一歩は、まず口にしてみること。

明日目が覚めたら、家族と顔を合わせたら、会社に着いたら。

一呼吸置いて、ぐるりと辺りを見渡してみてください。近くでもいいですし、見つからないなら遠くでもいいです。

遠くを見ると人間の目はリラックスでき、多くの物事に気づきやすい仕組みになっているようです。

何かをしてもらっていることに気がついたら「ありがとう」と言葉にして伝えてみる。たったそれだけです。

そのうち、心の中でも自然と言えるようになります。

感謝の気持ちを持つと、腹を立てることが格段に少なくなりました。

腹を立てるというのは、思っている以上に身体に負担がかかり、心臓や胃の調子まで悪くしてしまいます。

楽しいから笑うのではなく、笑うから楽しい

突然ですが、今から三分間、息を止めてみてください。

ほとんどの人は、苦しくて無理だったと思います。ごめんなさい。

では今度は、笑顔をつくってみてください。

どうしたらよいかわからない人は、口角を引っ張り上げましょう。

息を止めることはできなくても、笑顔はつくれますね。

ではそのまま、十秒間キープです。


どうでしょうか。ちょっと心が晴れやかになった気がしませんか。

笑顔をつくると、目と頬の筋肉が動き、脳に伝わります。作り笑顔だとしても、脳が顔の表情から「楽しいんだ」と思い込み、自然に笑った時と同じように楽しくなるのです。

楽しいから笑うのではなく、笑うから楽しくなります。こんなに手軽で効果がある薬は、どんな病院でも見つかりません。

この後、私は講演でいつも「笑顔のまま、隣の人と顔を見合わせてください」と言います。

数秒間の沈黙のあと。会場のあちこちで小さな笑い声が聞こえ、ぱっと賑やかになります。

にっこりと笑顔を向けられて、嫌な気持ちになる人はいません。

これは海外に行くとよく実感することです。ハワイでは誰もが穏やかに笑って、柔らかい物腰で「May I help You ?」と尋ねてくれるので、どんなに気が急《せ》いてイライラしていても、そんな自分がかえって馬鹿らしくなるのでした。

怒りや悲しみを、自分からも相手からも取り払うことができるのが笑顔です。

思えば私を私でいさせてくれたのは、笑顔でした。

最初は「かわいそうだと思われたくない」という負けず嫌いがきっかけでしたが、病室でも無理矢理笑っていたら、次第によいことが起きました。

私の周りに、どんどん人が集まってくれたのです。

「岸田さんを見ていると、元気になれる。ちょっと話を聞いてほしい」

「自分の悩みが小さなものに思えてきた」

私自身はただつくり笑いを貫いていただけなのですが、そうやってよい方向に捉えてもらえたおかげで、私は孤独という絶望から抜け出すことができました。

私にとって笑顔は、私自身を元気づけてくれる素晴らしい魔法です。

そしてこの魔法は誰でも使うことができます。

今、私は孤独ではありません。

それでも私は、講演をする時、初めから終わりまでずっと笑っているように心がけています。

聴いてくださっている皆さんにもつられて笑ってほしいという思いもありますし、プロフィールだけでは「悲惨」「重そう……」と勘違いされてしまいがちという理由もあります。

私と出会ってくださった人、この本を読んでくださった人、関わってくれたすべての人に笑顔になってもらいたい。元気になってもらいたい。

それが今の私にとって「他人の役に立つ」ことの幸せであり、絶望をしないための願いなのです。

過去を信じて

良太を産んだ二十二年前、主人を亡くした十二年前、私が倒れた九年前。
私は絶望の淵にいました。
もうこれですべてが終わった、生きていけないとさえ思っていました。
でも私は、今を生きています。
絶望は終わりではなく、始まりだったのです。
過去は振り返るものではなく、勇気をくれるものです。
私の今日は、過去の私が願った未来です。
そう思うと、目に映るすべてが美しく思えました。
生きることは、時につらいことの方が多いかもしれません。
だから私は精一杯、笑って、前へ前へと生きるのです。

いつか、美しくなる今へ。

母から娘への手紙

奈美ちゃんへ

　この本の出版という素晴らしい機会に私を導いてくれてありがとう。ここまでくることができたのは、すべて奈美ちゃんのおかげです。奈美ちゃんがいなければ不可能でした。我が娘ながら、すっかり頼りになる存在へと成長した姿に感無量です。

「関西学院大学に行くんだ!」と叶わないレベルの夢を目標に受験勉強をしていた姿をふと思い出しました。その頃には、今のあなたの姿は予想もしていませんでした。突然に父親を亡くし、絶望を味わい、続いて母親である私が突然に死を宣告されるという現実を、たった十七歳のあなたは経験しました。私たち母娘は残酷すぎる運命を背負うことになりましたが、それでもなぜか不幸とは思えず、笑って前向きに生きてこられたのは、奈美ちゃんといつも一緒に泣いたり、笑ったり、悩んだり、励まし合ってきたからだと思います。

「ママ、聞いて〜」「ママ、どうしよう……」と泣き言を言ってきては私に叱られ、励まされるというのがいつものパターンでした。近頃ではまるで立場が逆転してしまい、私の方が叱られ、励まされることが多くなりました。すっかり頼りになる存在です。

最近、よく思うことがあります。

私たち家族の運命を一転させたのはパパの死です。困ったことがあるたびに、つらいことがあるたびにいつも「パパがいてくれたら……」と叶わぬことを思い、落ち込んで、パパがいないことを恨んでいました。でも違いました。パパはちゃんといました。

奈美ちゃん、覚えていますか？「奈美ちゃんは俺の娘やから大丈夫や！頑張れ」よくパパは奈美ちゃんにこの言葉を言っていましたね。

覚えていますか？　パパからの誕生日プレゼントを。誕生日プレゼントは、幅広い興味を持てと「百科事典」。これからはこれが使えないとあかん！とたった五歳のあなたに「パソコン」。名前のない仕事を自分で作るためにと『十三歳のハローワーク』という本を奈美ちゃんにプレゼントしていました。

小学六年生の時、パパとの二人旅は東京。大人になったら東京で成功するために、と東京の大学やオフィス街を見せてもらっていました。その他にもメッセージを、スピリットを、パパはあなたにたくさん残してくれました。

今の奈美ちゃんを作ったのはパパのおかげだと思っています。そしてパパは今、確かにこの世にはいません。しかしパパは奈美ちゃんの心の中にしっかりと存在しているんだと感じています。

私は今、確かに、奈美ちゃんと、奈美ちゃんの心の中にいるパパからしっかりと大切なものを受け取っています。

これまでの人生には本当に色々なことがありました。そのほとんどが大変なことばかりだったかもしれません。それでも、今という素晴らしい景色を私に見せてくれるようになるまで成長してくれたことは、たくさんの試練を与えてくださった神様のおかげだと思います。

神様、ありがとう。

何よりも、今の奈美ちゃんがあるのは、関わってくださったみんなのおかげだということも忘れないでください。そして、奈美ちゃんに出会って引き受けてくださり、今日まで育てていただいたミライロの垣内さん・民野さんには、感謝の気持ちでいっぱいです。

これからも奈美ちゃん自身の人生を、あなたの夢に向かって輝きながら、大きく小さく歩み続けてください。


「奈美ちゃんは大丈夫や、俺の娘やから」「がんばれ！」

というパパの言葉とともに、私の愛をこめて……。

岸田　ひろ実

娘から母への手紙

ママへ

こうやって手紙を書くのは、覚えている限りで初めてです。きっと幼稚園児や小学生の頃に書いたことはあるのかもしれませんが、ママと正反対に大雑把で忘れっぽい私はどうしても思い出せないのです。

でも、この本を読んでふと気づきました。良太の障害を初めて知った日のこと、小学校の先生に食ってかかったこと、パパに本を買ってもらったこと、家族四人揃って最後に旅行へ行ったこと……私は嬉しいことも悲しいことも、多くのことを忘れていました。

裏を返せば、それだけ怒涛の日々を送ってきたということかもしれません。

しかし、はっきりと覚えていることがあります。

二十五年間で、ママが悲しくて泣いているのを見たのは、たった一度だけです。もらい泣きや嬉し泣きこそあっても、ママはいつも笑顔を絶やしませんでした。「奈美ちゃんとお母さん、友だちみたいだね」と周りから言ってもらえるのは、私にとって鼻が高いことでした。

ママが泣いていたのは、病室のベッドの上でした。薄暗くなっていく病室で、ママは悔しさを押し殺すようにして俯いていました。私は病室の入り口から覗いていることしかできませんでした。

ママがリハビリ室に行っている間、勝手にママの携帯電話も見ました。私や良太には伝えなかった、きっと伝えられなかった、ママの寂しさや苦しさを綴ったメールが何通も残っていました。

その日私は、ママのリハビリが終わるのも待たず、勝手に家へ帰ってしまったのを覚えていますか。心配して何度も電話やメールをくれたのに、謝ることができなくて、本当にごめんなさい。

今日まで、ずっと後悔していました。

ママが倒れた日、病院の先生に「手術をしてください」と言ったことを。

私はママに死んでほしくなかった。もっとママと話したかった。そんな一心で先生へ伝えた選択によって、ママの命は助かりました。

手術が終わり「命に別状はありません」と先生から言われた時、私はひたすら喜びました。おばあちゃんからテレフォンカードを借りて、残っていた限度額がすっかりなくなるまで、親戚中に電話をかけ続けました。

助かってよかった、ママは幸運だったと。

私や親戚の言葉に応えるように、目覚めたママは笑っていましたね。

そんなママが隠していた涙を見た時、責められるべきは、私だと気づきました。

私が手術を望んだせいで、ママが死ぬよりもつらい思いをしているのだと。

だからママから「死にたい」と言われた時、私は拒否なんてできませんでした。

思わず口をついた言葉は「死んでもいいよ」でした。それが私にできる最後の償いだと思いました。本当に死んでしまったらどうしようと、内心は焦りでいっぱいでした。

ふと目に入ったのは宝くじの広告。一等は二億円。二億パーセントは、その時の私が思いつく限りの大きな数字でした。

大学に入学して、ミライロの創業メンバーとして参加した頃、ママにはたくさん心配をかけてしまいました。終電で寝過ごして何度も遠くの駅まで迎えに来てもらったり、単位がギリギリで大学から通知が届いたり、数えるとキリがないですね。

でも、ママが初めて一緒に仕事をしてくれた日のこと、大勢の前で話したいと意気込んだこと、神戸へ戻る新幹線で「死ななくてよかった」と言ってくれたこと、全部覚えています。

嬉しくて嬉しくて、飛び上がりたいくらい幸せでした。

私はママの笑顔のおかげで、どんなにつらくても、苦しくても、今日を走り続けることができています。

ママ、死なないでくれてありがとう。

私を信じてくれてありがとう。

中学生の頃、私は「パパに顔も性格もそっくりだね」と言われることが嫌いでした。

ママは二重まぶた、パパと私は奥二重まぶただからです。それだけじゃなくて、人と違うことばかり目についてしまうところ、一度興味が湧けば周りのことが目に入らないくらい没頭してしまう子どもっぽいところもパパに似ました。

学校では変わってるねとよく言われてしまい、周囲に馴染めず劣等感がありました。

でも今は、パパにそっくりに生んでもらったことを誇りに思います。

パパはママのことが大好きでした。

パパにしかできない仕事に一所懸命打ち込んで、私たちを守ってくれる姿に憧れていました。パパに教えてもらったことは、私の中で今日も生き続けています。

これからは私と、私の中にいるパパが、大好きなママと良太を守ります。

これからもいっぱい困難があるだろうけれど、私たちはきっと、どんな未来でも笑顔でいるはずです。これからも一緒に生きていこうね。
二億パーセント大丈夫。

岸田奈美

〈著者略歴〉

岸田ひろ実――きしだ・ひろみ

1968年大阪市生まれ。知的障害のある長男の出産、夫の突然死を経験した後、2008年に自身も大動脈解離で倒れる。
成功率20%以下の手術を乗り越え一命を取り留めるが、後遺症により下半身麻痺となる。
約2年間に及ぶリハビリ生活中、絶望を感じて死を決意。
娘の「死にたいなら死んでもいいよ」という言葉がきっかけで、歩けない自分にできることを考え始め、病床で心理学を学ぶ。
2011年、娘が創業メンバーを務める株式会社ミライロに入社。
自分の視点や経験をヒントに変え、社会に伝えることを願い、講師として活動を開始。
高齢者や障害者への向き合い方「ユニバーサルマナー」の指導を中心に、
障害のある子どもの子育てについて等、年間180回以上の講演を実施。
2014年開催の世界的に有名なスピーチイベント「TEDx」に登壇後、
日本経済新聞「結び人」・朝日新聞「ひと」・NEWS ZERO・報道ステーションでコメンテーターを務めるなど
数々のメディアで取り上げられる。講演動画はSNSでシェア5万件を越える。
2015年はハワイにてADA法を学ぶ旅行ツアーの企画・アテンド、
2016年はミャンマーにて知的障害のある子どもの両親への講演など海外での活動にも注力。

ママ、死にたいなら死んでもいいよ

平成二十九年二月二十五日第一刷発行

著者　岸田　ひろ実
発行者　藤尾　秀昭
発行所　致知出版社
〒150-0001　東京都渋谷区神宮前四の二十四の九
TEL（〇三）三七九六―二一一一
印刷・製本　中央精版印刷
落丁・乱丁はお取替え致します。　（検印廃止）

ISBN978-4-8009-1137-7 C0095
ホームページ　http://www.chichi.co.jp
Eメール　books@chichi.co.jp
JASRAC　出　1701141-701

いつの時代にも、仕事にも人生にも真剣に取り組んでいる人はいる。
そういう人たちの心の糧になる雑誌を創ろう――

『致知』の創刊理念です。

私たちも推薦します

稲盛和夫氏　京セラ名誉会長
我が国に有力な経営誌は数々ありますが、その中でも人の心に焦点をあてた編集方針を貫いておられる『致知』は際だっています。

王 貞治氏　福岡ソフトバンクホークス取締役会長
『致知』は一貫して「人間とはかくあるべきだ」ということを説き諭してくれる。

鍵山秀三郎氏　イエローハット創業者
ひたすら美点凝視と真人発掘という高い志を貫いてきた『致知』に、心から声援を送ります。

北尾吉孝氏　SBIホールディングス代表取締役執行役員社長
我々は修養によって日々進化しなければならない。その修養の一番の助けになるのが『致知』である。

渡部昇一氏　上智大学名誉教授
修養によって自分を磨き、自分を高めることが尊いことだ、また大切なことなのだ、という立場を守り、その考え方を広めようとする『致知』に心からなる敬意を捧げます。

致知BOOKメルマガ（無料）　致知BOOKメルマガ　で　検索
あなたの人間力アップに役立つ新刊・話題書情報をお届けします。